La memoria

831

DELLA STESSA AUTRICE

Lo sguardo estraneo
Cristina e il suo doppio

Herta Müller

In trappola

A cura di
Federica Venier

Sellerio editore
Palermo

Müller, Herta <1953>

In trappola / Herta Müller ; a cura di Federica Venier. - Palermo : Sellerio, 2010.
(La memoria ; 831)
Tit. orig.: In der Falle.
EAN 978-88-389-2512-2
I. Venier, Federica.
833.914 CDD-22 SBN Pal0230244

CIP - *Biblioteca centrale della Regione siciliana «Alberto Bombace»*

Titolo originale: *In der Falle*

Traduzione di Federica Venier con la collaborazione di Hannes Grote

«E niente letteratura»

di

Federica Venier

A Hannes Grote,
con amicizia

Quando tradussi il primo dei tre saggi qui riuniti, il saggio eponimo, In trappola, *Herta Müller era praticamente sconosciuta in Italia. Il caso mi aveva portata ad incontrarla: una piovosa domenica invernale del 1996 in Germania, una* Lesung, *una di quelle* Lesungen *tedesche tanto spesso così intollerabili («letteratura»). Herta Müller lesse proprio* In der Falle *e ne fui immediatamente colpita: l'accento per me non tedesca un po' strano, come un po' meno sicuro, e la lingua straniera che diventa parola nuova, di una limpidezza assoluta. La lettura procedette ben oltre i limiti di tempo assegnati ma nessuno si mosse e voce e parole mi si insediarono nell'anima. Comprai il libro e lo lessi, traducendo però allora solo quanto avevo ascoltato.*

Sono dunque grata all'editore di avermi dato ora la possibilità di tornare su quel lavoro per completarlo. Del risultato giudicherà il lettore. A me invece pre-

me illustrare, seppure in estrema sintesi, alcuni motivi di interesse di questo volumetto, motivi che sono poi anche le ragioni per cui lo prediligo nella vasta produzione dell'autrice, ormai Premio Nobel.

L'idea di fondo che guida e unisce i tre brani fino a farne un'unità inscindibile forse non è nuova ma raramente la si è trovata racchiusa in una formula di tale nitidezza: è l'idea della funzione salvifica della letteratura, della letteratura come spazio – quasi fisico, con i suoi suoni e i suoi ritmi – di libertà, luogo in cui rifugiarsi, non per fuggire dalle brutture del mondo ma per raccogliere le forze per sopravvivere nel mondo, della letteratura come lotta per la sopravvivenza, non sempre vincente. Così non a caso l'unico riferimento artistico extraletterario che si fa nel libro è al cinema, poiché è al film di Lucian Pintilie, La ricostruzione, *che viene affidato il compito di sintetizzare per immagini l'assunto di fondo dell'opera di Herta Müller: la letteratura che nasce dalla sofferenza non necessariamente salva chi ne è l'autore, a volte la memoria ritrascina nel gorgo, ed è un gorgo che può anche uccidere, con una forza che l'esperienza immediata del reale non aveva avuto.*

Si tratta dunque di letteratura pagata con la vita e che è intesa come vita, come pane quotidiano, unico mezzo per sopravvivere. La poesia è in questo orizzonte un talismano, che ci si porta appresso e si nasconde, che ci si recita tra sé e sé e cui ci si aggrap-

pa per vivere. Torna in mente la Liuba montaliana e il suo «riscatto»: in questo libro il mezzo del riscatto è ormai completamente scorporato ma non meno sacro, non meno lare del gatto.

La letteratura è qui face à l'extrème, *per parafrasare il titolo di Todorov, è cioè una necessità estrema sia per chi scrive sia per chi legge, per un'autrice paradossalmente presente innanzitutto come lettrice. In questo senso le opere di Theodor Kramer, di Ruth Klüger e di Inge Müller non sono solo testimonianze delle vite che le hanno scritte ma diventano in questo libro segnavia, aiuto, sostegno in un cammino di libertà, nella lotta contro l'oppressione del proprio paese, contro l'angoscia della propria storia: essere oppressi ma figli di oppressori, vittime ma figli di carnefici, appartenere allo stesso paese e alla stessa lingua di Celan ma sapere che il proprio padre era tra i suoi persecutori, fuggire dal proprio paese per andare proprio in Germania, origine e cuore di un conflitto che, almeno nel cuore, è costantemente presente.*

Questo filo che unisce tanto strettamente i tre brani si snoda da In trappola, *dove forse ancor più evidente che negli altri è la durezza di questa guerra su due fronti: quello esterno, contro il regime di Ceauşescu, rischio quotidiano, reale, morte sfidata ad ogni mossa, ad ogni passo, e quello interno, contro il proprio passato, il nazismo ancora latente, mai abiurato dal padre. In* Di' che hai quindici anni *il conflitto si proiet-*

ta sulla vita di Ruth Klüger: la fuga costante, la libertà come «via da», un esterno rappresentato come ingranaggio mortifero sempre più prossimo e pronto a ghermire, cui si riesce solo miracolosamente a sfuggire, e un interno che è pure fuga, ricerca affannata e ossessiva di una tregua. Con Il mio vestito *lo riporta la posta il filo si spezza, e nel dolore crescente delle poesie che accompagnarono Inge Müller verso il suicidio si verifica una sorta di tragica, definitiva conflagrazione che è insieme conciliazione tra esterno (il nazismo, la guerra, il regime della* DDR*) e interno (essere a brandelli): una conciliazione attuatasi al prezzo di passare definitivamente dalla parte dei «sommersi», tanto che Inge Müller viene ritenuta un* Wegweiser *come Theodor Kramer e Ruth Klüger.*

C'è poi un altro filo che collega i tre momenti del volume: la natura dei tre «brani» o, appunto, dei tre «momenti». Di fronte a questi scritti infatti si esita, non si sa esattamente a quale genere essi appartengano: sono racconti o saggi? A me sembra si sia di fronte a quanto viene abitualmente definito «prosimetro»: genere ormai desueto ma di antica origine e molto frequentato nel Medioevo, insieme di poesia e prosa, di poesia e relativo commento in prosa, reso illustre dalla Vita Nuova. *L'antico genere viene però qui rinnovato dall'interno: i testi commentati non sono i propri ma quelli di chi, nel corso dell'esistenza, ci si è scelti come maestri. Spiccano ovviamente quel-*

li di Theodor Kramer, Ruth Klüger e Inge Müller, cui vengono dedicati rispettivamente il primo, il secondo e il terzo brano, ma accanto ad essi ne troviamo molti altri, citati alla lettera o menzionati fugacemente: sullo sfondo delle ballate di Schiller compare l'opera di Jean Améry, Paul Celan, Georges-Arthur Goldschmidt, Primo Levi, Hans Sahl, Jorge Semprún, Aleksandar Tišma, Friedrich Torberg e poi quella di Wolf Biermann, Helga M. Novak, Sarah Kirsch, Oskar Pastior e quella, evidentemente giudicata in modo negativo, di Stephan Hermlin e di Heiner Müller. Spero di non avere dimenticato nessun nome poiché questo apparente elenco forma in realtà un reticolo di riferimenti e rimandi che ci offre una mappa precisa sia dell'esistenza dell'autrice sia dell'influsso sulla letteratura europea dei due momenti che più hanno condizionato il XX *secolo: il nazismo e l'Olocausto da un lato e le varie applicazioni dell'ideologia comunista dall'altro.*

La forma prescelta, lo strano e moderno prosimetro di cui si diceva, annulla la distanza tra saggio e racconto, quella tra prosa e poesia e infine quella tra autore/lettore e autore/letto. Herta Müller fa propria la voce degli autori che commenta e ricostruisce, fondendo la sua alla loro opera, una forma di moderna autobiografia, insieme asciutta e piena di pathos. La fusione si compie attraverso la lingua prescelta. Il volume costituisce infatti una sorta di indiretta dichia-

razione di poetica e i criteri del gusto linguistico che hanno determinato la scelta, tra i molti, proprio di Theodor Kramer, Ruth Klüger e Inge Müller, sono anche i criteri su cui l'autrice modella la propria scrittura, tanto da renderla consona a quella degli autori oggetto della sua analisi. Herta Müller mette a fuoco in Theodor Kramer il contrasto tra la facilità della rima e la durezza dei fatti descritti, di Ruth Klüger il «laconismo», il «dire tanto direttamente», la «brusca loquacità [che] si inalbera o tace», e infine il «realismo senza metafore» e la «tremenda semplicità» che caratterizzano la poesia di Inge Müller. A me pare che il tratto che accomuna questi autori e che è insieme la cifra stilistica più evidente in Herta Müller sia l'antitesi tra un'estrema semplicità della sintassi – particolarmente evidente in tedesco per il contrasto che crea con la norma di quella lingua – e la ricchezza del lessico – pure conseguente alla caratteristica morfologica del tedesco, in cui già amplissima è quella possibilità di comporre le parole che qui viene massimamente sfruttata.

La semplicità sintattica: le frasi di Herta Müller sono brevi, la subordinazione è molto scarsa e si procede perlopiù accostando frasi principali, con un andamento paratattico in cui la ricostruzione dei nessi logici è affidata al lettore. Tuttavia la semplicità sintattica non rende semplice la lettura né la traduzione ma produce una sorta di intensificazione del testo, poiché esso è a volte così sintetico da risultare criptico. La sintesi inoltre costituisce in questo testo il modo in cui la poesia si rispecchia nella prosa, quanto consente di cancellare il confine tra le due forme. Una lingua ridotta all'osso, al suo scheletro, uno straniamento che chiama necessariamente in causa il lettore richiedendo prepotentemente la sua attenzione. Si prenda anche solo la prima pagina e si confronti l'andamento martellante della poesia di Inge Müller con quello della prosa che l'accompagna: la prosa è quasi un elenco di sentenze, separate dal punto o dalla virgola, per asindeto. Coordinazione e subordinazione sono quasi assenti, ridotte al minimo. Si procede appunto per accostamenti. Del resto non bisogna dimenticare che quella dell'accostamento è poi la stessa tecnica che presiede al paragone, su cui tanto a lungo si sofferma l'autrice.

E veniamo ora alla ricchezza del lessico, a quella tecnica di formazione delle parole per composizione che rende tanto difficile tradurre dal tedesco, costringendo chi vi si cimenta a perifrasi spesso goffe, a lunghi giri di frase. Prendiamo il primo esempio che capita, sempre all'inizio del volume: nel secondo paragrafo si afferma che il testo letterario stabilisce «ciò che cattura l'attenzione personale», che in tedesco suona come «den persönlichen Blickfang», qualcosa come «la personale cattura dello sguardo». È un esempio banalissimo e non particolarmente significativo ma che met-

te in rilievo, questa volta con un paragone tra tedesco e italiano, da un lato una differenza strutturale tra queste due lingue (in questo caso illustrando come il tedesco consenta di concentrare ad esempio in un nome quanto in italiano richiede una frase), dall'altro cosa intendo quando parlo di intensificazione (e Herta Müller parla di «intensità»), perché è evidente che sfruttando una caratteristica della propria lingua l'autrice e i testi da lei prescelti raggiungono un'estrema concretezza, un'altissima concentrazione di immagini, che percorrono e intessono il volume rendendolo una sorta di ritmata autobiografia morale.

Le immagini giocano in questo libro un ruolo chiave, tanto che ci sono trasmesse dal lessico ma anche, si diceva, dai paragoni, al centro dell'attenzione di Herta Müller per il potere che essi hanno di ampliare gli orizzonti, di suggerire alla comprensione nuove prospettive. In quest'ottica, al di là dei singoli casi, mi pare che sia proprio la prospettiva del paragone che governa l'intero volume: i tre autori che fanno da perno al libro vengono paragonati non perché se ne voglia dare un giudizio, ma proprio perché, accostandoli, se ne vuole illustrare la somiglianza, il loro identico ruolo di maestri che, «senza il dito puntato», indicano una via etica, una moralità profonda e non esibita cui attenersi.

FEDERICA VENIER

In trappola

I

In trappola

Li ho visti: uomini

Senza Dio: abbandonati
E silenziosi.
Esserlo non lo sarò più.
È molto
Se si ricordano.
E niente letteratura.

Questa è una poesia di Inge Müller, dal volume *Wenn ich schon sterben muß*, «Se proprio devo morire».[1] Questa poesia esiste, e così non devo spiegare circostanziatamente che cosa cerco negli autori e nei relativi testi di cui vorrei parlare qui.

Questi testi sono palesemente inscindibili dalla vita dei loro autori. Indicano questa vita come unico presupposto di se stessi, ciò che è stato vissuto personalmente lo rendono testo letterario per mezzo dell'intensità. Il testo letterario non affianca la possibilità di comprovare la realtà storica. Da solo, per mezzo del dettaglio dei sensi, riesce a conquistare a forza l'immaginabilità dell'insieme. Stabilisce ciò che cattura l'attenzione personale, l'opinione del singolo sulla storiografia, che rimane inaccessibile alla condivisione della singola sventura. Il singolo come caso esemplare per migliaia di eventi è e rimane irrinunciabile. L'evento in mano alla storiografia nel migliore dei casi è enumerato, ma non è vissuto.

I libri di cui voglio parlare sono stati pagati dai loro autori a un prezzo molto alto (perlopiù troppo alto). Di conseguenza non sono solo *letteratura*,[2] nella definizione abituale del lavorare con la lingua. Sono più di questo perché sono contemporaneamente la prova dell'integrità personale di persone che scrivono. Essi portano in evidenza, senza il dito puntato, parametri morali che pur sotto una drastica pressione politica, in situazioni di minaccia di vita, non sono stati abbandonati.

Per anni gli autori di questi testi furono per me, attraverso i loro libri, persone la cui amicizia mi sono augurata e immaginata, quando cercavo sostegno nella Romania di Ceauşescu. Furono per me esempi personali. Volevo meritare di esser loro amica e tentavo, idealmente, di divenire degna di loro. Nei loro testi trovavo un'immagine dell'essere umano di cui avevo desiderio, quando non sapevo come si dovesse procedere con quel che ero, con la vita mia e della manciata di amici a me più vicini. Questa immagine dell'essere umano mancava in un ambiente che – senza metterlo in discussione – si rassegnava al peggio. Solo quando mi sceglievo dei testi, con me parlavano persone invisibilmente presenti, solo quando in silenzio mi recitavo mentalmente una poesia:

Altri, che non amarono così il paese
furono dall'inizio disposti ad andare;
loro – alcuni già via – stanno meglio,
io invece dovrei col mio stesso coltello
svellere dalla terra le mie radici.[3]

Nessuna notte ho dormito da allora,
e sono ancor più che triste.
Molte settimane son passate da allora,
ogni forza si è da tempo allontanata da me
e sento che ne sanguino a morte.

Eppur dal profondo dovrei sollevarmi,
sebbene solo per restar ciò che fui.
Dove sono, non posso più crescere;
fuori davvero non dovevo gridare,
poiché sempre vera fu la mia parola sommessa.

Ne sarei come nei giorni andati
sicuro; singhiozzando contro me stesso,
avrei giorno e notte solo da impormi
di strapparmi con le mie radici
e di piantarmi in un altro paese.

È una poesia di Theodor Kramer.[4] Chi sia, lo chiarisce amaramente Peter von Matt nella rivista svizzera «Drehpunkt»:[5] «C'è un poeta. Si chiama Theodor Kramer. Qui da noi non lo conosce un accidenti di nessuno. È morto da trentacinque anni. Ma di poeti morti, al contrario che di impiegati morti, si può parlare al presente anche dopo la morte. Le sue poesie appartengono a un genere che conta poco nella letteratura tedesca. Sono *Chansons.*[6] Non mormorano, non balbettano, sono comprensibili come lettere di un vecchio amico. Non mostrano mai come sia difficile fare versi così vivi e metterli in rima con tanta leggerezza. Si può tranquillamente pensare: gli sono piovuti così come sono giù dalla manica. Theodor Kramer era un ebreo e un austriaco. Sfuggì per un pelo alla morte organizzata. All'ultimo momento la fuga a Londra riuscì. [...] Non poteva vivere senza mettere giorno e notte in versi i suoi giorni e le sue notti, la miseria e la fortuna sfacciata, la depressione e il piacere. Nel 1957 tornò in Austria, malato, inerme, straniero, con una enorme quantità di poesie in valigia. Un paio di mesi più tardi era morto».

In 33 anni Kramer ha scritto più di 10.000 poesie. Ossessivo e maniacale si è rimato un sostegno.

Il primo dolore che le poesie di Theodor Kramer aprirono nella mia testa fu quello che mio padre fosse un soldato delle SS. Quando chiedevo a mio padre della guerra non rispondeva mai. La questione della colpa sembrava essere un problema mio, non suo. Così fu fino alla sua morte, per malattia. Non *sebbene* lui fosse mio padre dovevo pormi questa questione, ma *proprio perché* era mio padre. Secondo lui, io avrei dovuto accettarlo come padre senza condizioni, senza condizioni come lui mi aveva generata da reduce delle SS. Per me lui fu il primo esempio di uomo divenuto complice dapprima senza saperlo e poi sordamente e con indifferenza – come in conseguenza di un effetto secondario del semplice vivere. Gli mostrai *Fuga di morte*[7] di Paul Celan. Mi guardò con un'alzata di spalle. Dall'occuparmi della sua colpa, occupazione cui lui non prendeva parte, ho tratto la prima lezione per la mia vita: la complicità non è mai successiva ma contemporanea a quel che si fa. Questo lo imparai da quanto era ormai irrimediabilmente accaduto nella vita di mio padre. Per questo non ebbi bisogno di nessuna ambizione, ma solo degli occhi, che vedono, lì dove sono, perché non sono capaci di nient'altro. In Romania dovunque guardassi c'era la necessità di impararlo. Di conseguenza non avevo solo ogni motivo per farlo, ma non avevo nessun'altra scelta: vivevo in una dittatura e non volevo diventarne complice. E questo poteva funzionare solo cominciando dall'inizio, solo fintanto che nessuna colpa fosse ancora iniziata.

I testi di cui voglio parlare sono la parola stanata dalla paura di morire che ora è sulla carta. Ogni frase conserva questa paura e alla lettura traccia di nuovo gli stessi cerchi da cui è nata.

A dire il vero, non m'hanno fatto niente.
Da tempo ormai non posso scrivere in un giornale,
mia madre può ancora restare in casa.
A dire il vero, non m'hanno fatto niente.[8]

Il bottegaio mi affetta del prosciutto
e mi ringrazia infantilmente, quando lo pago;
di che vivrò è inspiegabile.
A dire il vero, non m'hanno fatto niente.

Come prima viaggio in tram
e me ne vado per le strade indisturbato;
solo non so se mi lasciano camminare.
A dire il vero, non m'hanno fatto niente.

Per nessun paese mi si apre il cammino,
non posso volar via da me,
semplicemente non ho spazio per vivere.
A dire il vero, non m'hanno fatto niente.

«Paura di morire», nel senso di Ruth Klüger:[9] «Il pericolo da solo non provoca quello stato; deve essere pericolo in una trappola dalla quale non si può uscire». Cito ancora una volta una poesia di Theodor Kramer, in modo che questa estrema delimitazione rimanga, perché queste parole «paura di morire» si trasformino in un concetto che non possa essere usato per altre paure di altro tipo senza che sia falsificato.

Chi suona alla porta, là fuori,
che a malapena fa chiaro?
Vado, tesoro. È solo il ragazzo
che ha portato il pane.[10]

Chi suona alla porta, là fuori?
Stai; vado io, bimba mia.
Era un uomo che chiedeva
al vicino chi fossimo.

Chi suona alla porta, là fuori?
Lascia pure la vasca piena.
Era la posta: non c'era la lettera
che doveva arrivare.

Chi suona alla porta, là fuori?
Disfa tu i letti.
Era il portinaio, dobbiamo
andarcene da casa il primo del mese.

Chi suona alla porta, là fuori?
Le fucsie fioriscono così vicino.
Prepara, amore, il mio sacco
e non piangere: son qui.

Dunque paura di morire, che proviene da un potere politico, dallo stato e dai suoi apparati. Crimine, istituzionalizzato a professione, incentivato, coperto e addirittura lodato dalle istituzioni. Stati simili sono dittature. Vite umane vengono apertamente sepolte oppure fatte crollare su se stesse, segretamente, attraverso il logoramento. La semplice ragione viene dichiarata nemica. Il tentativo di dare un senso alla propria vita viene sventato e punito. Anche quando la ricerca di un senso della vita non viene troncata dall'omicidio, è costantemente in corso un attacco alla persona, aperto oppure nascosto. La ricerca della dignità umana viene giudicata un delitto. I delitti di stato e il prendervi parte vengono trasformati in virtù, per dovere, per legge. Bisogna appartenervi, solo chi prende parte al delitto di stato, oppure lo accetta in silenzio, ha una possibilità. Il prendervi parte e il tacerne diventano il presupposto di ogni ascesa sociale. Una volta riuscita l'ascesa, il silenzio non basta più. Chi è arrivato deve certificare la sua ascesa con azioni quotidiane. Ogni ascesa può cambiar direzione. Dunque si deve continuamente provare allo stato che l'ascesa gli è convenuta.

Con tutto quello che so del nazionalsocialismo, dello stalinismo, del socialismo post-stalinista, credo che gli esseri umani in tutte le dittature, per diverse che siano, si trovino di fronte essenzialmente alle stesse situazioni. Le elenco come *ipotesi*, sapendo che sono solo schizzi, che tra esse ci sono molte altre condizioni. E che nelle situazioni concrete le sfumature delle singole ipotesi si mescolano. Mi allontano con ciò dai testi letterari, cerco di trovare una sorta di visione d'insieme, per proiettare nell'Oggi i singoli Allora di questi testi. Poiché oggi molti di nuovo affermano, quando si parla della DDR prima della caduta del muro, che non vi sarebbe nessuna differenza tra il venire a patti e il rifiutare.

1) Può essere:

Uno si mette a disposizione *senza che glielo si chieda, volontariamente*. Vuole una posizione e i privilegi connessi. A volte potrebbe essere solo un pezzo di pane più grosso. Tra i volontari non c'è in gioco nessuna paura ma solo il desiderio di riconoscimento e autorità. Il volontario vuole decidere degli altri, nonostante la sua mediocrità, di cui è consapevole ma che non ammetterà mai dinnanzi ad altri. E attraverso l'autorità otterrà che presto nessuno rischierà più di notare la sua mediocrità o la sua incapacità, e tanto meno poi di criticare. Il volontario sperimenta ogni giorno che quanto più riconoscimento ottiene, tanto meno se lo deve meritare. Fa qualcosa di sua iniziativa, che subito lo stato con piacere considera come affidabilità. Sa che ciò che dà velocemente dei risultati è anche chiaramente visibile. Vuole essere premiato. *Costruisce una trappola* e diventa un *colpevole senza paura*. La sua sedia è quella al lato più corto del tavolo, è il capotavola.

Dirà poi che continua a credere nella giustizia delle sue azioni, che voleva il bene per tutti. E che questo era, di fatto, il bene, ma che non era stato capito ed era stato mal interpretato.

2) Può essere:

Uno si mette a disposizione *perché glielo si chiede*. Qui c'è già in gioco la paura e in testa un po' di insicurezza, un po' di coscienza sporca. E tuttavia lui si mette velocemente il cuore in pace, nota che ne valeva la pena. La coscienza sporca svanisce, perché la sua vita scorre senza intoppi e i giorni sono sicuri. La sua paura non scompare. *Serve la trappola,* diventa un *colpevole pauroso*. I colpevoli senza paura non devono accorgersene. Per questo fa il suo lavoro più spietatamente del colpevole senza paura. Precorre gli ordini. Non fa niente di sua iniziativa. Perché non si noti che non può interiorizzare il suo compito, a causa della paura che si intrufola tra lui e il suo compito, lo svolge ancor più scrupolosamente, con precisione ancora maggiore. Viene controllato dai colpevoli senza paura. Si aggira sempre vicino alla trappola, per servirla anche non richiesto. Tutto ciò che ha raggiunto lo deve alla trappola. Ha un posto al lato più lungo del tavolo e vi siede tutto pigiato. Accanto a lui ce ne sono molti altri.

Dirà poi di aver sempre agito conformemente alle leggi in vigore. Che all'epoca era così e che col rifiuto non avrebbe potuto cambiare nulla. No – dirà – ciò non era bene, ma lui già allora non ci credeva e soffriva in silenzio. Ma in fin dei conti doveva guadagnarsi da vivere e bisognava dar da mangiare alla famiglia e inoltre – dirà – lui è cambiato. Avrà uno sguardo contrito e parlerà prudentemente piano, e tuttavia in ogni frase una parolina di allora lo tradirà. Non lo noterà.

3) Può essere:

Uno si metterebbe a disposizione ma non si chiede di lui. Non dichiara la sua appartenenza allo stato. Non ne sente nessuna. Ma, qualora lo si richiedesse, affermerebbe il contrario e si metterebbe subito a disposizione. Direbbe che si era già da tempo proposto di dichiarare la sua appartenenza. Che purtroppo non aveva potuto trovare la spinta per farlo. Che si rallegrava che finalmente si chiedesse di lui. Che aveva ora la possibilità di fare ciò che per lui era già da tempo un bisogno.

La partecipazione gli viene risparmiata. Sa che non si conta su di lui, che questo è un bene, ma è anche un rischio costante. È combattuto ogni giorno tra due *opposte paure*: la paura per l'oggi, la paura per il dopo. Oggi gli si potrebbe chiedere: Perché non ti sei messo a *nostra* disposizione? Dopo gli si potrebbe chiedere: Perché ti sei messo a *loro* disposizione? Vive timidamente. Non vuole necessariamente piacere allo stato, ma in nessun caso dispiacergli. Vive assente e muto. Diventa *complice*.

Occupa una seggiolina vicino al lato del tavolo dei colpevoli paurosi, una seggiolina al tavolo del potere. Non riesce a vedere la tovaglia sul tavolo, ma tanto meglio, vede le scarpe sotto al tavolo. Basta, dal momento che le sue opposte paure devono sempre sapere dove pestino quelle scarpe. Evita la vicinanza della trappola, sapendo che essa cattura solo chi le va troppo vicino. Dalla paura dei complici, paura durata tanti anni, è nato in Romania un modo di dire: «La spada non mozza il capo chino».

Il complice poi dirà, senza che sia stato interrogato, di aver sempre espresso il suo parere senza paura. E alla domanda sul perché non fosse perciò caduto in trappola, risponderà con un'alzata di spalle: Mah! Non era poi così grama all'epoca.

4) Può essere:

Uno non si mette a disposizione. Glielo si chiede e lui rifiuta. O *non* glielo si chiede *più*, è già troppo tardi per lo stato. Poiché egli dice, senza che glielo si chieda e ben chiaro, quel che pensa. E se per caso tace, si sa che è ancora peggio. È *uno che rifiuta* e diventa nemico dello stato. Per i colpevoli senza paura e per i paurosi è un provocatore personale. A causa sua devono lavorare. E l'affidabilità dei colpevoli senza paura e di quelli paurosi viene misurata sulla base del loro rapporto con chi rifiuta. La trappola è costruita per chi rifiuta. Anche i complici lo capiscono. Essi compatiscono ed evitano chi rifiuta.

Ha anche amici che ora lo evitano, perché la trappola non ghermisca la loro vita. Qualche raro amico si avvicina più di prima. Sono nella stessa situazione e anche senza di lui la trappola per loro sarebbe pronta. Se aveva una sedia gli è stata sottratta. Se non ne aveva nessuna, non ne otterrà mai una. Con pedinamento, interrogatori e perquisizioni, gli si mostra chiaramente che è in trappola. Quando in pieno giorno cammina per strada come tutti i passanti, si gira più spesso di loro. La sera per prudenza rimane a casa. Ma anche lì sta ad ascoltare dove si dirigano i passi dietro la porta, dove si fermi l'ascensore. Può respirare quando suonano a un'altra porta. All'appuntamento con gli amici deve essere puntuale, perché gli amici sappiano che non è scomparso.

Se, dopo la caduta del regime, non è stato in qualche modo danneggiato, è morto. La morte avvenuta in prigione è stata registrata come arresto cardiaco. L'essere investiti da una macchina liquidato come incidente. L'uccisione per mezzo di defenestrazione, impiccagione, annegamento, inscenata dai colpevoli paurosi come suicidio. Gli amici lo sanno ma non sanno come provarlo, l'autopsia è stata negata. Se è stato solo danneggiato, dunque vive, ha morti nella sua piccola cerchia di amici. Ha anche fatto spesso esperienza di minacce di morte. E per il resto dei suoi giorni si chiederà perché la trappola sia scattata per gli altri e non per lui. Non può scorgere per quale ragione i colpevoli abbiano in certi casi solo preso in considerazione l'uccisione e per quale ragione invece l'abbiano in altri casi commessa. Dal momento che egli si nega al regime, si nega anche alla logica dei suoi apparati e non la capisce. Il quadro che i colpevoli avevano di lui, lui non lo conosce. Che lui e qualsiasi altro dei suoi amici siano colpiti da cose diverse l'ha visto. E anche che a ciascuno il danno era stato esattamente commisurato. I colpevoli sapevano che cosa avrebbe messo più a dura prova ognuno. L'odio personale dei colpevoli veniva abbinato a un mestiere metodico e pieno di conoscenze, come in qualunque altro mestiere. Il sopravvissuto conosce l'odio, i colpevoli lo portavano in volto. Ha visto a fondo anche qualche metodo di distruzione. E tuttavia la «scienza occulta» nel suo complesso, come struttura portante del lavoro dei colpevoli, gli rimane preclusa.

Dei quattro tipi di persone abbozzati, *ciascuno* può essere uno *scrittore*. Ma solo l'ultimo tipo nominato non ha nessuna facilità a scrivere. Ciò che egli scrive deve percorrere ancora una volta quegli stessi gironi in cui è stato scaraventato l'essere-ancora-in-vita. Quel che poi sta su un foglio non è letteratura nel senso comune, ma il ricadere su di sé. È uno scrivere così angusto e senza via d'uscita come il pericolo stesso. Alla lettura la trappola scatta di nuovo. L'ammirazione di questi testi fa male. Alla lettura entra in gioco la paura. Paura retrospettiva per l'autore, ma anche paura per se stessi.

Quel che sta sul foglio può essere letto come: vivere ancora (Ruth Klüger). Oppure: a dire il vero, non m'hanno fatto niente (Theodor Kramer). Oppure: se proprio devo morire (Inge Müller).

Mi ero portata le poesie di Theodor Kramer in vacanza, sul Mar Nero, una delle ultime estati trascorse in Romania. Ero sdraiata sulla spiaggia e avevo cominciato a leggere una poesia di Kramer sull'esilio:

In mensa c'è puzza di muffa, il caffè
mi secca la lingua e duro è il sedile;
l'uno paga e l'altro se ne va
e ciascuno qui ha un tesoro.
Oh, chi viene con me veloce al cine anzi notte,
poiché sedere da solo mi ha intristito
e verdi lampeggiano le luci al black-out.

Gli altri son profughi, ma io sono
straniero a Londra, per di più... si spegne
il rombo nelle strade; batto i denti,
là vicinissimo uno stridio nelle tenebre.
Oh, chi viene con me a Hyde Park di notte,
perché nel giardino un vento s'è levato
e verdi lampeggiano le luci al black-out.

Tranne lo sgretolarsi della malta del davanzale
[c'è quiete,
davanti alle case; posso capire
che nessuna ragazza voglia avere a che fare con me,
ma già oggi devo perire solo.
Oh, chi viene con me al bar ancora anzi notte,
perché perfino la ale[11] mi ha già ubriacato
e verdi lampeggiano le luci al black-out.

Non ho lavoro né patria, mi si annientano
le viscere in corpo... quel che posso
è: scriver poesie, come nessuno ne scrive;
in tutta Londra neanche un cane mi ringhia.
Oh, chi mi colpisce veloce sul viso ancora di notte
perché il cuore solo per scoppiare mi è fatto
e verdi lampeggiano le luci al black-out.

Intorno a me c'erano persone rilassate. Grandi palloni da spiaggia volavano leggeri nel vento seguendo sghembe traiettorie. C'era odore di sabbia, sale e crema solare. Tutto ciò si depositò tra le righe della poesia. Chiusi il libro e andai al Caffè. E al Caffè chiusi il libro e andai in un parco. E al parco chiusi il libro e andai nella mia camera d'albergo. E in albergo chiusi il libro e aprii la valigia. Ci misi dentro il libro e lo ripresi in mano solo nel viaggio verso casa. Ma lo chiusi anche nella sala d'attesa della stazione e poi nello scompartimento del treno in movimento. Da allora ci sono libri che in viaggio non mi sopportano.

In Romania molta gente si è aggrappata a poesie. Ha pensato grazie ad esse, per essere un momento sola con se stessa: brevi versi in testa, breve respiro in bocca, brevi gesti in corpo. Le poesie si addicono all'insicurezza, grazie alle loro parole ci si tiene in pugno. Sono un sostegno che si può portare in mente.[12] Le si può recitare interamente, parola per parola e in silenzio.

Ruth Klüger parla di «lingua legata» in un tempo privo di sostegni. Con la recitazione mentale delle poesie lei si tenne ritta durante gli interminabili appelli di Auschwitz. Theodor Kramer scrisse perlomeno una poesia al giorno.

L'amore per la lirica, così come io lo conosco anche dall'Europa orientale, è qualcosa di solitario.

Un triste percorso in cresta. Le poesie esprimono la propria paura in parole già pronte, estranee. Non solo chi si rifiuta, ma anche i colpevoli paurosi, e certo i complici ebbero le loro poesie.

La maggior parte dei poeti russi e rumeni potevano recitare a memoria ad alta voce anche le loro poesie per intero. I poeti di stato e i funzionari della cultura facevano esattamente come i poeti proibiti facevano tra loro. Ogni verso che fosse mai stato scritto poteva essere richiamato dalla memoria.

Chi ha paura è affamato di vita. Visto che la sua vita è ovunque confinata, le parole delle poesie vivono al suo posto e senza confini. E sia pure senza confini nella paura. Proprio perché le parole contengono paura, calmano anche la paura. Non possono togliere la paura. Ma calmano, senza ingannare, per il fatto che attestano questa paura ancora una volta.

Andavo, in Romania, due volte la settimana da un'amica, e nascondevo i miei testi da lei. Quando temevo perquisizioni anche più spesso. Portavo carta scritta in borsa e a volte sotto i vestiti o nelle scarpe. Non portavo mai una poesia. Ma nel cammino verso il nascondiglio, al ritmo dei miei passi, mi recitavo poesie che altri avevano scritto. Mi portavo queste poesie ovunque. Esse mi accompagnavano. Me le cucivo, senza filo, talmente sulla mia misura, che dovevo loro qualcosa. Lo si chiama «uso»? Avevo allora il bisogno di raccontarlo agli autori (vivi o morti che fossero). Non ne avevo a quell'epoca la possibilità. Più tardi, quando giunsi in Germania, raccontai agli autori che incontrai dell'«uso» delle loro poesie. Dal momento che non vivevo più nella paura della recitazione, per me era come se restituissi tutto malandato per l'uso qualcosa che avevo di nascosto rubato. Come se avessi violato non solo la vicinanza consentita ma anche il termine di riconsegna. Con queste poesie mi ero resa, così mi sembrava, senza paura, interiormente ed esteriormente. Ero così temeraria da credere che non poteva capitarmi niente, in fin dei conti ero avvolta in una poesia.

Giunta in Germania, mi vidi sdoppiata: da un lato come qualcosa che era stato trasportato qui da qualche altro luogo, e che con questo posto non c'entrava. E dall'altro come qualcosa che era restato là, che si aggirava in una lontananza insopportabile, e che non poteva essere portato qui. Una parte di me era una forma che se ne era andata da me stessa. Questa parte rimasta là si aggrappava nella lontananza ai fili sottili delle poesie e si credeva protetta. Contro la paura avevo potuto addomesticarmi dei libri per la vita, perché i loro testi non sono solo letteratura:

Questa sera, Bettina, è
Tutto come sempre. Sempre
Siam soli, quando scriviamo ai re
A questi del cuore e a quelli
Dello stato. E ancora
Si spaventa il nostro cuore
Se dall'altra parte della casa
Si sente una macchina.

È una poesia di Sarah Kirsch. Altre sono state musicate da Helga M. Novak e da Biermann. Se non c'era nessuno che mi camminava troppo vicino, davanti o dietro di me, potevo addirittura cantarle a mezza voce al ritmo dei miei passi. Cantare mentalmente è faticoso. Scivolavo nel canto a mezza voce più volentieri che non nella recita. E cantavo:

La neve giace bianca e bianca e bianca
bianca bianca e bianca giace la neve
sotto la neve
vorrei giacere e giacere e giacere
e guardare.

E cantavo *Vite selvatica*:

La vite selvatica intorno alla torre dell'acqua
si smaschera completamente quando è sfiorita
come mille labbra di soldati
pendono ora le sue foglie

e solo nel tardo autunno
si vedono i morti intrecci
vivi far prigioniera la torre.

Pensavo spesso tra me e me che gli eserciti hanno bisogno di tante canzoni perché i soldati cantano per la vita, contro la morte. Mio padre in guerra aveva cantato tanto quanto aveva sparato. Quando i reduci delle SS, come lui, erano ubriachi, cantavano le loro canzoni ritmate, spavalde, che all'epoca avevano cantato per la loro vita. Lo sgretolato «cameratismo» era di nuovo lì. Si gettavano nella sbornia di una rozza comunanza. Facevano svanire i delitti che vi erano connessi.

È strano con il ricordo. Tanto più strano con il proprio. Cerca di ricostruire quel che è stato il più precisamente possibile, ma ciò non ha niente a che fare con l'esattezza dei fatti. La verità del ricordo scritto deve essere inventata, scrive Jorge Semprún. E Georges-Arthur Goldschmidt definisce i suoi libri «autofittivi».

Il ricordo si struttura in modo diverso rispetto ai fatti di allora. Qualcosa è secondario, qualcos'altro al contrario più grave e più importante, di conseguenza si staglia più chiaramente di quando stava avvenendo. Il peso dei dettagli e la loro successione percorrono propri cammini mentali. Ruth

Klüger scrive che a volte voleva ricordare in modo mirato dei momenti perché li riteneva importanti. La memoria si è adattata «con un'alzata di spalle», e se li è impressa in mente. Ma più tardi si è sempre di nuovo rivelato che questi momenti non conservano nel ricordo nessun significato, o comunque non quello loro attribuito.

Osservare coscientemente, annotarsi qualcosa con uno scopo, non ottiene l'effetto desiderato sul ricordo. Esso nella nostra testa è indipendente, come se ci conoscesse meglio di quanto siamo in grado di fare noi stessi. Ne veniamo sempre superati. E non è neppure mai finito. Laddove c'erano fatti che furono così e non altrimenti, esso percorre cammini imprevedibili. E non giunge dove stavano i fatti, ma dove essi non poggiano più su nulla.

C'è un film rumeno di Lucian Pintilie: *La ricostruzione*. Una squadra di poliziotti e una di cineasti costringono un ragazzo a ricostruire per un film la sua rissa con un amico. Hanno il compito di girare un film propagandistico per la gioventù, che distolga dalle risse. Durante le riprese, cineasti e poliziotti lottano per due tipi di autenticità: i cineasti per quella dell'arte, i poliziotti per quella della repressione. Il giovane picchiatore se ne sta fuori. Entrambi i tipi di autenticità non hanno niente a che vedere con la vita attuale del picchiatore.

Egli non è più lo stesso di allora, al momento dell'azione. Quel che ora deve ripetere non è più mosso dalla sua volontà. Sono necessarie innumerevoli minacce della polizia e prove dei cineasti per spronarlo. Ora sta di fronte all'amico, gli manca la rabbia. Ma in lui va crescendo un'altra rabbia, eccitata dalla costrizione. Essa non ha niente a che fare con l'amico, ma tuttavia deve scaricarla su di lui. E picchia picchia e non ha misura. Quel che fa sembra autentico, perché lui nella sua mente picchia chi lo tormenta. I poliziotti e i cineasti sono soddisfatti. Ma quando la telecamera viene spenta, l'amico giace per terra insanguinato e immobile. È morto. Inorridito il picchiatore si allontana dal morto costeggiando un gruppo di persone. Queste vedono il morto là disteso, gridano «Assassino» e cominciano a inseguire il fuggiasco. Polizia e cameramen se ne stanno là tranquilli e non dicono neanche una parola di chiarificazione a quella massa indignata. L'odio che viene riversato sul picchiatore protegge coloro che hanno provocato l'azione. Dopo la fine del film si sa che taceranno per sempre. Non si assumeranno mai la responsabilità. In Romania dopo la prima rappresentazione il film venne vietato.

Penso spesso a questo film. Ciò che non è accaduto durante il fatto, è successo durante la sua ricostruzione.

La ricostruzione può avere conseguenze simili anche quando il ricordo non è stimolato (come nel film citato) da una costrizione esterna, ma da una interna. Essa supera l'intensità dei fatti di allora, non può attenersi ad essi, ma solo ai danni provocati. Per la persona che deve ricordarsi, essa è il ricadere sul se stesso di allora e di ora. E là dove i fatti passati stavano sulla difensiva, la ricostruzione diviene, attraverso il danno, offensiva. Addirittura aggressiva contro colui che deve ricordarsi. Contro il ricordo si spezzano più tardi esseri umani che avevano visto la morte di altri e che allora erano riusciti a sfuggirle. L'atteggiamento morale del Doversi-Ricordare, la costrizione interiore a cercare una misura, imprigionano l'intero corpo. Non c'è più niente che possa esservi commisurato. Paul Celan, Primo Levi, Jean Améry, Inge Müller furono per un certo periodo «salvati». Ma erano anche a pezzi. La loro vita finì nel suicidio. L'urgenza morale, in grandissima parte personale, del loro sdegno dinnanzi ai fatti rese impensabile qualunque compromesso. Con un incantesimo nascosero i «sommersi»[13] nella parola scritta, trassero a sé i morti con questo filo. Ma ciò poteva riuscire solo perché si tirava ad entrambi i capi del filo. Anche i morti tiravano dall'altro capo. Alla fine furono loro i più forti.

II

Di' che hai quindici anni[1]

Due code di prigionieri che vengono «selezionati» per il trasporto. Per andar dove, nessuno di loro lo sa. Ma – se non tutto è menzogna, come molto spesso – per andare da qualche parte, fuori da Auschwitz, non importa dove. La differenza di per sé era quasi nulla e tuttavia risulta enorme, come quella tra vivere e morire. Si tratta, così si vorrebbe credere, di sgobbare o di essere uccisi. Ma si tratta di sgobbare e di essere uccisi soltanto dopo.

In una delle code per la «selezione» stanno una madre e una ragazza. Una madre che, nonostante la debolezza del suo corpo, mostra il suo essere adulta, una traccia dell'età che si ritiene adatta a sgobbare. Il numero del suo tatuaggio viene trascritto dalla SS. E una ragazza sta in fila dietro la donna, sua figlia, che ha solo tredici anni. Tredici anni e sottile come un giunco. Solo che vi è un essere adulti nella testa dei bambini, prima che nel loro corpo, quando sono costretti a vivere con una responsabilità inaccettabile per l'infanzia. La ragazza viene scartata, il numero del suo tatuaggio non viene trascritto dalla SS. È l'immediata condanna a morte.

La morte per gas come fine è ad ognuno *nota*. *Ignoto* a ciascuno, fino a che la morte per gas non sopraggiunga, è il tempo ancora disponibile, e come verrà consumato un giorno dopo l'altro. Si tratta solo ancora dell'*ignoto procedere della fine nota*.

Quando la morte è già cosa decisa, quando il caso come via di fuga non può più giocare alcun ruolo, proprio esso gioca il ruolo principale. Il caso vuole che la ragazza ubbidisca a sua madre e si metta un'altra volta in fila alla fine dell'altra coda.

«Accanto alla SS di turno, che, seduta, cordiale e di buon umore, ogni tanto faceva fare degli esercizi di ginnastica a una delle ragazze nude, evidentemente per cavare un po' di divertimento da quell'occupazione noiosa, stava la copista, una prigioniera. Quanti anni avrà avuto, diciannove, venti? Mi vide nella fila quando praticamente ero già davanti. Allora si alzò dal suo posto, si diresse rapida verso di me e, quasi a portata d'orecchio della SS, mi chiese a mezza voce, con un sorriso indimenticabile che mise in mostra i suoi denti irregolari:

«"Quanti anni hai?".

«"Tredici".

«E lei, fissandomi con insistenza, perentoria: "*Di' che ne hai quindici*". [...]

«“Questa però è ancora molto piccola” osservò il padrone della vita e della morte. [...] E lei, valutando la merce con lo stesso tono: “Ma ha una corporatura forte. Ha le gambe muscolose, questa può lavorare. Dia un'occhiata”».

Poi, per l'imprevisto che era accaduto, arriva la spiegazione più breve possibile: «*Ecco una persona che lavorava per quell'amministrazione e si adoperava per me, senza neanche conoscermi. All'uomo lei era forse un po' meno indifferente di quanto non lo fossi io, e cedette. Lei trascrisse il mio numero, avevo vinto un prolungamento della mia vita*».

Ruth Klüger dice tutto subito nella frase. Quello che muove questa lingua è un'immediatezza che non si prende alcun tempo, perché non può abbandonare la traccia della morte. Quello che viene detto già incalza quanto segue. Non storie ma frammenti di accenni che comunicano al lettore solo quanto è necessario a comprendere gli strati sottostanti. È dunque *ricordo che viene scritto contro il raccontare*. Si intrufola con le sue pretese. L'estetica del libro viene sostenuta dalla riflessione che batte da ogni frase. Qui, nella stessa frase si pensa e si respinge il pensato. L'esigenza etica, costante in tutti i suoi aspetti, è qui punto di orientamento per lo scrivere. A ribellarsi in questo libro è una moralità personale caparbia, trattenuta a stento dallo scoppio d'ira.

«Sì, mi dice qualcuno con leggerezza, sì, comprende bene una cosa simile, molte persone sono altruiste, quella era una».

«*Perché non preferite stupirvi con me?*» chiede l'autrice, «voglio dire che il suo atto [quello della SS] fu *arbitrario*, quello di lei [della copista] *libero*. Libero, perché conoscendo le circostanze si sarebbe pronosticato il contrario, perché la sua decisione spezzava la catena della casualità». *Libero*, contrario di *arbitrario*. Quasi incidentalmente Ruth Klüger ci insegna *che la libertà è sempre il contrario dell'arbitrio*. Non ha bisogno di aggiungere nessuna parola ai fatti concreti. La scelta delle parole è contegno ed è inseparabile dall'esigenza etica. Questo libro prova che la *moralità* modella il rapporto con la lingua altrettanto infallibilmente di quanto modella il rapporto con la quotidianità nel mondo. Che non accettare alcun compromesso determina completamente questo rapporto oppure per niente. E la mancanza di compromessi funziona come responsabilità verso altri solo quando, se invisibile, è necessaria già per la propria autocoscienza. Da Ruth Klüger si può imparare che la moralità inizia laddove nessuno eccetto sé guarda – nel più piccolo gesto. Quando c'è qualcosa di *privato* allora c'è moralità.

Oskar Pastior,[2] che nel 1945, diciannovenne, fu deportato ai lavori forzati in un campo sovietico, mi disse: «Gli intellettuali nel campo hanno abbandonato per primi la loro moralità, molto prima della gente priva di istruzione». Gli intellettuali erano abituati alla scena sociale. Poiché la realtà del campo ne era il contrario, era cioè la dissoluzione della società nella morte per mezzo di lavoro, fame e freddo, l'intero sistema morale degli intellettuali andò rapidamente in frantumi. La gente cosiddetta semplice al contrario aveva una frase chiara in testa: «*Questo non si fa*».

Eppure questa breve, e forse addirittura discutibile frase bastò a renderci responsabili verso gli altri in ogni situazione. La frase contiene infatti un'immagine della differenza tra giusto e ingiusto, un'immagine che non è ideologica. Laddove questa frase è disposta a procedere contro gli esseri umani, costoro si sono resi già in precedenza imperdonabilmente colpevoli.

Ruth Klüger parla anche del fatto che questa frase mancasse ai prigionieri politici tedeschi nei campi di concentramento. E che, in quanto socialdemocratici o comunisti, contassero come avversari politici di Hitler e si ritenessero tali. Che questo atteggiamento politico consentisse tuttavia comunque il disprezzo degli ebrei. Anche Jorge Semprún ne parla nei suoi libri. E Hans Sahl scrive: «La cosa più importante ora è come organizzare la fuga [...]. Siamo sei baracche. Ogni baracca ha cento uomini, insieme fanno seicento. Di questi seicento, trecento circa sono sospetti nazisti. Dei trecento che restano, il dieci per cento circa appartiene all'emigrazione politica. Il resto è costituito da emigranti per motivi economici. Lo diceva tra virgolette e io sapevo cosa voleva dire. "Emigranti per motivi economici" nei circoli politici erano chiamati quelli che dovevano lasciare la Germania "solamente" per motivi razziali» («Die Wenigen und die Vielen»).[3]

«Era come se, col solo fatto di essere in vita, si fosse sconfinati in un territorio straniero», dice Ruth Klüger, «e chi ti rivolge la parola ti fa sapere che la tua esistenza non è gradita. Due anni prima, come diceva il cartello appeso, non ero gradita nei negozi ariani. Ora l'ingranaggio aveva fatto un passo avanti, e la terra su cui ti reggi vuole che tu scompaia».

«La terra su cui ti reggi vuole che tu scompaia», scrive Ruth Klüger, e anche in questo consiste il fatto che i nazisti dessero a intendere di fare politica secondo le leggi della natura: si inventarono la razza. Poiché la natura non poteva assisterli nell'odio, inventarono leggi della barbarie e un'industria di morte: camere a gas, la «riutilizzazione» di capelli umani e di denti d'oro. E la loro lingua espresse improvvisamente quanto in precedenza mai ci si sarebbe aspettati dalle parole: «Profondo sgomento», dice Ruth Klüger, «dissolversi dei rapporti fra la gente».

Nello stesso modo, insieme incidentale e definitivo, in cui separa l'una dall'altra le parole *arbitrio* e *libertà*, così Ruth Klüger collega le parole *amore* e *ragione*: «Chi non vuole perdere la ragione è nel giusto, perché la ragione, qualità umana per eccellenza, deve esserci cara quanto l'amore. Ma ad Auschwitz l'amore non poteva salvarti la vita, né poteva farlo la ragione». Oppure: «La ragione è volgersi verso il mondo».

Di bambini e di vecchi, che appaiono e scompaiono tra gli adulti, veniamo a sapere molto in *Vivere ancora. Storia di una giovinezza*. La follia li stritola nella gracilità del loro corpo naturalmente ancora fragile o del loro corpo naturalmente già affaticato dalla vita: «Vecchie ad Auschwitz. La loro nudità e impotenza; i bisogni dei vecchi, il pudore rubato. Vecchie nelle latrine di massa, come facevano fatica ad andar di corpo, o al contrario, la loro dissenteria. Tutto in pubblico. Le cose del corpo, tanto meno ovvie per loro che per i giovani o i bambini; soprattutto nella generazione di mia nonna, nata nel XIX secolo, pudico e *prude*. E poi i cadaveri nudi ammucchiati sui camion, aggrovigliati nel sole, circondati da nugoli di mosche, capelli spettinati, pubi dai peli radi, Liesel scappa via con orrore, io, affascinata, resto a fissarli».

Liesel, questa bambina, quest'amica di Vienna. Senza fiato e in modo bizzarro, Ruth Klüger disegna la figura di questa ragazza dall'interno: «Quando ritrovai Liesel a Birkenau, mi aggrappai a lei, perché lei era lì da più tempo [...]. Mi aperse gli occhi, per così dire. Sapeva qualcosa della morte. Suo padre era nel commando speciale. Aiutava a portar via i cadaveri. Liesel parlava dei dettagli con la stessa noncuranza con cui i ragazzi di strada parlavano di rapporti sessuali, ma, appunto, anche con la stessa sotterranea sfida, con la stessa offerta di corruzione sempre in agguato. Da lei appresi dunque le perversità dell'assassinio, e le varietà della profanazione dei cadaveri. Da lei seppi che ai nostri morti veniva strappato l'oro dai denti [...]. Suo padre si fidava di lei e le raccontava tutto. Lo vidi una volta o due, un uomo alto, forte, col viso dai tratti rozzi che sembravano devastati e corrotti come nei volti dei pazzi. [...] Lo temevo e lo evitavo». E poi: «Liesel non era una ragazza sentimentale. [...] Ma era anche una bambina, e quel che tirava fuori nei suoi racconti era più di quanto lei stessa potesse sopportare». Questa Liesel avrebbe avuto la possibilità di presentarsi per il trasporto, e la quasi sicura opportunità di un prolungamento della vita. Sarebbe stata abbastanza forte per venire accettata per sgobbare. Suo padre però no. Conosceva troppo bene l'anatomia della macchina di morte. Era stato «prescelto» come rotella dell'ingranaggio. Doveva servire la trappola degli assassini e venne per questo, poiché sapeva troppo, spinto dentro la camera a gas. Liesel, questa bambina non sentimentale, sfacciata, non abbandonò suo padre e venne gasata con lui. Anche questa storia è solo abbozzata, non raccontata. Si conficca in testa, proprio là dove viene consapevolmente tenuta muta.

L'autrice non erige un monumento a nessuno dei morti. Si oppone alla «sorta di rispetto che facilmente si capovolge in nausea». Non mette nessun morto sull'alto di un piedistallo. Lo mette però all'altezza della precisione dello sguardo. Questa altezza, cui convergono tutti i sensi, è difficile da mantenere. Solo molto raramente Ruth Klüger ricorre ai numeri. La statistica dei morti rimane astratta. Numeri solitari starebbero davanti a file di zeri. «Là dove noi proviamo paura e gioia, [la statistica] tace», si dice nel libro. E dove un numero deve venire in aiuto, l'autrice dice brevemente: «Ho controllato».

La curiosità infantile per la sessualità nella landa dell'annientamento umano viene sostituita da storie di profanazione di cadaveri e di denti d'oro rubati. Nel libro di Ruth Klüger queste collisioni proibite si ripetono sotto forma di *paragoni* che nascono solo quando la follia si è diffusa e ha cambiato tutto. Sono paragoni che eccedono la nostra normale resistenza media, paragoni di cui non si viene a capo, neppure con tutto quello di cui disponiamo con la sensibilità e le parole: il rifiuto della bambina alla proposta di suicidio della madre viene paragonato al rifiuto di una passeggiata serale: «senza paragoni non se ne esce», dice laconicamente l'autrice in un contesto del tutto diverso, in cui si parla di paragoni fra Auschwitz e altri orrori della storia. E con ciò Ruth Klüger intende tener desti gli strumenti della sensibilità, conseguiti nel caso estremo, per riconoscere subito i punti della normalità occhieggianti verso l'estremo.

La morte, su proposta della madre, ha sfiorato ad Auschwitz la ragazza già a dodici anni, già un anno prima della selezione per il campo di lavoro: «Birkenau era il campo di sterminio di Auschwitz e consisteva di molti piccoli lager. [...] L'anziana del block, ossia il capo della baracca, urlava, inveiva, dava ordini, mentre noi stavamo distese o sedute sulle cuccette, perché non c'era posto per stare in piedi tutte. Il tono della sua voce incuteva timore, e io, come un giovane cane, sentivo quasi solo il tono. [...] Quella che parlava era anche lei una prigioniera. [...] Quella stessa sera, quando, in una baracca, ci fummo finalmente coricate in cinque sul paglericcio del piano di mezzo del letto a castello, mia madre mi spiegò che la recinzione elettrica era mortale, e mi fece la proposta di buttarci insieme contro il filo spinato. [...] Avevo dodici anni [...]». La bambina rifiuta, «il pensiero di crepare dentro un filo spinato, fra le convulsioni, oltrepassava le mie capacità di comprensione», scrive l'autrice. «Mia madre accolse il mio rifiuto con la stessa calma come se si fosse trattato dell'invito a una breve passeggiata in tempi di pace. "Be', allora niente"».

Questo libro esige una posizione etica battuta dopo battuta. I suoi dettagli sono mescolati e ostici. Il suo respiro è freddo. Ruth Klüger parla di sé ma ci attira profondamente dentro un'ipotesi, nella domanda: Cosa faresti tu se...?

«Non ne abbiamo mai più parlato. Più volte mi è venuto l'impulso di chiederle: – Senti, ma quella volta dicevi sul serio? – [...] Solo quando ebbi a mia volta dei figli mi resi conto che è possibile pensare di uccidere i propri figli ad Auschwitz, anziché aspettare. Sicuramente avrei concepito il suo stesso pensiero, e probabilmente lo avrei realizzato con coerenza maggiore».

Qui leggiamo piccole storie, unite in un turbine vorticoso, che diventano esempi per molto di quello che non deve o non può essere detto. Sono paradigmi senza il dito puntato:

«Una vecchia accanto a mia madre perse lentamente la ragione, piagnucolava, si lamentava; io ero arrabbiata con lei, intollerante del fatto che il suo cervello avesse ceduto, che lei aggiungesse alla grande sciagura della nostra impotenza collettiva la piccola sciagura della sua impotenza privata. La mia reazione fu certamente il rifiuto del fatto inaudito che un'adulta, in mia presenza, impazzisse. Alla fine quella vecchia non capì più nulla. Si sedette in grembo a mia madre e urinò. Vedo ancora, come se fosse oggi, il viso teso e nauseato di mia madre, allora senza rughe, nella penombra del vagone, mentre spingeva via la vecchia dal grembo, ma senza brutalità, senza rabbia. Mia madre, che non è un modello per me, lo è stata invece spesso, e quel momento non si è cancellato. Fu un gesto pragmaticamente umano, il gesto di un'infermiera che si libera di una paziente aggrappata a lei».

Anche qui ci colpisce un paragone che fa male in sé. Si presenta improvvisamente, in un batter d'occhio, attraverso il *laconismo*. È *il dire tanto direttamente* che rende questo libro così poetico. La brusca loquacità, lungo il filo etico, si inalbera o tace, come le viene. Il luogo dove i prigionieri devono scendere dal carro bestiame, Ruth Klüger ce lo mette davanti agli occhi proprio rifiutandocene la descrizione: «Ma l'aria non era fresca, aveva un odore che non esiste altrove su questa terra». Oppure: «Andavo al lavoro con gli occhi incollati al terreno, nella speranza che ci fosse qualcosa da mangiare, perché era capitato una volta che qualcuno avesse trovato una prugna. Pensavo, magari una mela, anche acerba o mezza marcia, sarebbe ottimo». *Prugna* e *mela*, due parole bastano a descrivere la fame cronica. Come in un altro passo basta *il pane con lo strutto*, mangiato durante la pausa di lavoro da un ben pasciuto civile tedesco: «Era curioso, evidentemente non corrispondevo all'idea che ci si fa dei forzati. Una piccola prigioniera dai capelli scuri, denutrita, che però parlava un tedesco perfetto, e una ragazzina, per giunta, una che avrebbe dovuto essere a scuola. Questo fu anche l'argomento del nostro colloquio. Quanti anni avevo. Riflettei se fosse il caso di dire la verità, ossia che avevo solo tredici anni. [...] Non so più cosa gli risposi, ma so che avevo un unico pensiero: che avrei voluto indurlo a regalarmi il suo pane con lo strutto. Non era solo una questione di fame [...]. Me ne tagliò un pezzetto col coltello a serramanico, ma quello potei solo mangiarlo subito, ringraziandolo. [...] E non volevo il pane soltanto per mangiarlo, ma anche per dividerlo. Volevo dividerlo non solo per amore, ma anche per il desiderio di farmi valere». Ogni frase distrugge, della precedente, la quiete in cui ci eravamo sistemati. La quiete ci viene tolta perché la franchezza della frase successiva non è soddisfatta di quella della precedente. Questa è l'inquietudine della sincerità incondizionata.

Questo libro ci dà chiarimenti anche sulla paranoia personale come protezione in un ambiente totalmente paranoide: «Credo», dice Ruth Klüger, «che i nevrotici ossessivi, minacciati da paranoia, se la siano cavata ad Auschwitz meglio di chiunque altro, perché erano approdati in un luogo in cui l'ordine, o il non-ordine sociale, aveva raggiunto e superato i loro deliri. [...] Nel campo di sterminio mia madre ebbe fin dall'inizio le reazioni giuste. Comprese subito cosa stesse accadendo, e propose allora, appena arrivate, il suicidio per entrambe; quando io mi rifiutai, lei individuò la prima e unica via d'uscita. Ma io penso che non sia stata la ragione, bensì una radicata mania di persecuzione, a farla reagire in quel modo». La madre si è salvata per mezzo di una latente paranoia, mai scoppiata, ma sempre strisciante ai margini della ragione. «Ma il prezzo è troppo alto», dice l'autrice. «Quella follia, che, latente, mia madre si porta dentro, come un *gatto addormentato* che solo a volte si stira, sbadiglia, fa la gobba e scivola dolcemente all'intorno, poi d'improvviso comincia a battere i denti, e con gli artigli tesi cattura un uccello, per poi tornarsene a dormire: una belva così non vorrei portarla in me, neanche se fosse in grado di salvarmi la vita nel prossimo campo di sterminio». Di nuovo un paragone che non si regge: la *paranoia* come *gatto addormentato* dietro la fronte.

I tedeschi dopo la guerra e il loro rapporto con il tema dei campi di concentramento sono una dimensione di questo libro: la confusione linguistica di *lavoratori stranieri* e *prigionieri di guerra* con *forzati*. Quest'ultima parola non la pronunciano. Questa tattica che si presenta come imprecisione linguistica, non è sciatteria ma falsificazione consapevole. Allontana da sé la responsabilità. Ciò che la generazione della guerra ha aggressivamente falsificato, la generazione del dopoguerra lo minimizza, con una dolcezza barcollante e talvolta addirittura mossa da buone intenzioni. Ma anche alla generazione del dopoguerra manca la propria posizione etica di fronte ai fatti. La minimizzazione, che si camuffa da insicurezza, vuole coprire quello che per i sopravvissuti rimane un abisso. Questa sorta di riguardo è interessato. I sopravvissuti sono a pezzi. La bontà viene solo da persone intatte. Le persone a pezzi esigono, al contrario di quelle intatte, una partecipazione attraverso la precisione, con la ragione. A differenza delle persone intatte, quelle a pezzi hanno un orecchio per ogni agguato delle parole. Per le molte lingue della lingua tedesca. Per la sfacciataggine dei modi di dire e dei proverbi:

Il lavoro rende liberi, dicevano gli assassini. *La parola è d'argento, il silenzio è d'oro*, si dice ancora in questa lingua che rubò i denti d'oro ai morti. *Vivi e lascia vivere*, dicevano gli assassini nel cuore della fabbrica della morte. Anche i proverbi meno chiari sono sospetti ai sopravvissuti. I modi di dire assolutizzano. In tedesco hanno accompagnato l'ascesa fino all'assassinio. Forse in ogni lingua, e specialmente in quella tedesca, bisognerebbe riuscire a cavarsela senza questi proverbi, senza questo centro del tirassegno, e bisognerebbe trovare parole che nascano nella propria bocca. Non posso leggere le rime negli uffici dei funzionari statali tedeschi, sui tram e nelle metropolitane, sui cartelloni pubblicitari, in treno, queste rime composte in fretta, come frecce pronte per l'eternità, senza pensare al libro di Ruth Klüger. E a quello che la lingua tedesca ha preso dallo yiddish. E che in questo tedesco mancano *Rachmones* – per compassione, *Naches* – per gioia, *Mitzve* – per buona azione. «Il vostro yiddish è derivato dal gergo furbesco dei piccoli delinquenti» scrive Ruth Klüger.

Primo Levi racconta, nel suo libro *I sommersi e i salvati*,[4] di come dopo il 1945 fosse tornato in Germania per lavoro, come chimico. Nel bel mezzo di un colloquio di lavoro con dei chimici tedeschi guarda l'orologio e nota di dovere andar via in fretta per prendere il suo treno, alla stazione. «*Jetzt hauen wir ab*» dice, come se avesse detto «ora ci togliamo dai piedi» e i chimici tedeschi ridono. In questa situazione, intendono, non si dice *abhauen*. E Primo Levi risponde di non aver «imparato il tedesco a scuola, bensì in un Lager di nome Auschwitz».[5]

Come Paul Celan, così anche Ruth Klüger osserva: «Non parlare altra lingua che quella dei denigratori di quel popolo. Non avere occasione di impararne un'altra». A questa lingua, che prima esisteva come parola sensibile, rimaneva attaccata, ai brandelli delle ballate, incomprensibili per una bambina. Ciononostante le ballate si lasciavano recitare a mente. E davano ai piedi la forza di reggersi sul piazzale immobili per ore durante gli appelli. «Le ballate di Schiller divennero le mie poesie dell'appello». A lei «sembra [...] che il contenuto dei versi avesse importanza solo secondaria, e che in primo luogo fosse la forma, la lingua poetica, a costituire il sostegno. Ma anche questa semplice interpretazione, forse, è troppo sofisticata, e si dovrebbe constatare innanzitutto che i versi, poiché suddividono il tempo, sono in senso letterale un passatempo». Poi anche la sopravvissuta stessa scrisse poesie, per sostenersi: «allora volevo elaborare la mia esperienza, nell'unica maniera che conoscessi, in ordinate, articolate strofe poetiche. [...] Sono poesie infantili, che con la loro regolarità volevano creare un contrappeso al caos». Poiché: «Chi si espone alla nuda esperienza, senza rime e senza pensieri, corre il rischio di perdere la ragione, come la vecchia in grembo a mia madre».

Ho teso l'orecchio davanti alla frase: «*subito prima dello zero, là è la libertà*». E davanti alla seguente: che «l'educabilità degli esseri umani, lunga quanto la loro vita» sia «quello che chiamiamo libertà. [...] Chi è libero è imprevedibile, e non ci si può fidare di lui. Chi è libero, diventa pericoloso per gli altri». E indimenticabile e capace di comprendere tutto il resto è la definizione di Ruth Klüger: *libertà significa via da*. Nella vita quotidiana la libertà deve solo essere conservata. Di solito si pensa solo a se stessi quando si tratta di questo concetto. La parola «libertà» suona ampollosa quando possediamo la libertà. Nel caso estremo, nel caso di Ruth Klüger, il desiderio di libertà non può essere né coperto né tantomeno superato dalla parola. Persone come Ruth Klüger quando pensavano alla libertà avevano qualcosa da guadagnare, «per esempio la vita». E «un'atmosfera accogliente che non giungeva fino a noi, ma che però sembrava raggiungibile. La si poteva scorgere, a soli pochi passi dall'innaturalezza della nostra esistenza». Questa libertà significa anche: «Si resta stranamente vincolati, non si sa a chi. Si vorrebbe sottrarre agli assassini per dare ai morti, e non si sa come. Si è al contempo debitori e creditori, e si fanno atti di compensazione nel dare e nel richiedere, atti insensati alla luce della ragione».

Un sobrio, inquieto riflettere ha scritto questo libro. Una persona che, dall'essere stata danneggiata, è stata spinta a un'allergica sensibilità. Che insiste in un'etica personale estrema.

Ruth Klüger venne invitata al convegno del Pen Club a Magonza nel 1995. Sedeva con gli altri in sala, quando un giurista, al tavolo della presidenza, disse che Adenauer aveva fatto bene a rimettere in carica Globke.[6] Diede questo esempio per mostrare agli ascoltatori come si potesse trattare «nel modo più efficiente» con gli assassini e i complici della Stasi. Lo stesso giurista, sulla scia del '68, aveva ricondotto in modo convincente i giuristi del regime nazista alla loro colpa personale. Oggi ha dimenticato la sua posizione di allora.

Fino alla frase del giurista alla presidenza Ruth Klüger era rimasta pazientemente seduta in sala. Ad un certo punto si era addirittura tolta una scarpa. Quando scoccò questa frase si rimise velocemente la scarpa. Velocemente, alzandosi, volle mettersi la tracolla della borsa sulla spalla. Quando la tracolla scivolò giù dalla spalla, la sua mano non si concesse più altro tempo. Ruth Klüger lasciò la sala con la tracolla della borsa penzolante. Se ne andò veloce e rumorosamente. Se in quel momento non avesse avuto via libera per camminare, avrebbe attraversato persone rimaste lì immobili, sedie e pareti. Tutti si accorsero che fuggiva. La sua borsa se la teneva, ancora solo per un angolino, sotto il braccio stretta contro il costato. A me gridava in mente la frase di Ruth Klüger: «Libertà significa via da». E mi chiesi cosa avrebbe fatto nell'attimo successivo, quanto si sarebbe combattuto nella sua lucida mente. Per quanto tempo ora avrebbe respirato affannosamente, qui in questa città tedesca, prima di riprendersi. Mi venne in mente anche mio padre SS. E i molti tedeschi che, cinquant'anni dopo la fine della guerra, parlavano ancora e sempre della loro sconfitta.

III

Il mio vestito lo riporta la posta

Mia madre non voleva aver me
Voleva un figlio
E venni io invece
E mio fratello non era ancora sepolto.

La Germania, vecchia madre[1]
Voleva un figlio
E vennero cannoni invece –
Sempre e solo cannoni invece di burro.[2]

Fritz e Krupp e Carlo il Forte
Sacrosanta nazione
Sì, già lo sappiamo
Il nostro mondo è una marca mondiale.

E il mondo andò in pezzi
La Germania un pezzo tra i tanti
Il pezzo della nazione
Favorita nel gran morire.

I nostri pensatori e poeti
Sempre dovettero andare
La madre rimase in piedi alla tomba
Presso l'imbuto di Norimberga.[3]

Mia madre non voleva aver me
Io non volevo mia madre
Per questo non ho un volto
Finché non mi seppelliranno.

Storia come somma di biografie, come catena di *storie* personali. Nelle biografie si nascondono fatti. Iniziano prima della propria vita e proseguono oltre la propria fine. Le biografie tedesche si trascinano dietro il fatto che concetti come «nazione» o «marca mondiale» sono stati gonfiati fino a scoppiare.

Questa poesia prende la storia come un peso personale su di sé. Fatti vissuti, Inge Müller se li carica addosso e diviene stanca di vivere. È una persona che è stata intrappolata, presa in giro e danneggiata dalla storia. Qui la propria biografia, il paese, il popolo, lo stato, il regime vengono messi sullo stesso piano. In questo lutto accusatore è il dolore a far rima: *Sohn*, «figlio», e *schon*, «invece». In questa rima i figli soldati si abbassano al livello di una congiunzione. Ma qui c'è anche una donna che si ribella, che, quasi ancora bambina, senza che glielo si chieda, venne trascinata nella scia di sangue dei figli. Quasi ancora bambina ricevette l'ordine di mettersi in fila, fu intrappolata nella colonna, infilata nell'uniforme. Inge Müller marciò nel panno che cancella visi e ubbidisce a ordini. Il vestito di quanto stava avvenendo si chiamava guerra e morte. E l'accaduto rimase in testa per tutti quegli anni. Inge Müller si infilò lei stessa questi vestiti dopo il 1945, perché il trauma della guerra continuò a torturarla. Divennero per lei i vestiti della sua colpa.

Nel '33 ero una bambina credente
I miei genitori erano buoni e laboriosi
Adulta lo divenni nel '39
Quando la guerra iniziò.

Avevo ascoltato questo e quello
Contro Hitler e poi per Stalin
Vidi: l'uno ha fatto qualcosa e l'altro l'ha lasciata
Quando è toccata a lui.

Il mio primo amore fu quando la guerra iniziò
E poi lui andò in guerra
Io piangevo ed ero una povera sciocca
Di poca importanza nei confronti della nazione.

Prima di morire venne da me
Del tutto a pezzi dall'uccidere
Io non seppi di meglio che: resta qui
Felici non lo siam diventati.

Nel '45 ognuno era un vegliardo
Non volevo né vivere né morire
Vidi l'eredità senza eredi
E la posta fu il prezzo.

Poiché dovevo andare andai
Cercai un fondamento
E pensai agli alberi nel parco
E alla sua tenera bocca.

Bombe e cannoni
Mi insegnarono pazienza
E a risparmiare chi sanguina
E a rimuginare: che cosa è colpa.

Questa poesia suona come una biografia parlata. Una vita, recitata in fretta, nella forma più breve possibile. Un'autobiografia, non ordinata però dall'esterno ma dalla memoria che ti ci costringe. Circoscrive una vita nei fatti avvenuti tra il '33 e il '39. Due date ad ordire la vita. Davanti a numeri così dispotici non rimane molto di personale nel proprio agire. Si passa al Noi. L'Io rimane «Di poca importanza nei confronti della nazione». Nell'uguaglianza del pensiero imposta migliaia di biografie divengono uguali. È il Noi a dirigere. Di individuale rimane solo il senso di colpa. I genitori sono «buoni e laboriosi», normali. «Vivono ancora» in un senso opposto al «vivere ancora» di Ruth Klüger. Vivono *con il* e *nel* tempo del crimine perpetrato dallo stato. Vivere ancora *nel* tempo del crimine significa vivere in modo non politico il 1933 e il 1939. Significa di conseguenza dunque partecipare politicamente alla follia di Hitler.

Gli uomini dell'amore giovanile sono, a quel tempo, soldati. Anche quelli dalla «tenera bocca» sono «del tutto a pezzi dall'uccidere». Alcuni di loro disertori nelle loro intenzioni, che non disertano mai. La fronte della ragazza segue, con l'amore tra le due tempie, l'uomo in guerra. La fede manca, o non è maggiore del dubbio. Ma chi lo vuole ancora sapere. Nella primavera del 1945 Inge Müller, ad appena vent'anni, viene arruolata nella Wehrmacht come aiutante della Luftwaffe. L'attacco degli Alleati fa di Berlino un inferno, prima che Hitler sia definitivamente sconfitto.

Chiamata alle armi

Ordine di 12 righe, di frasi fatte staccato[4]
Un timbro: ragazza, sei ora soldato
Basta coi ricci, i capricci – il prato
Verde oppur bianco, lo paga lo stato.

Una quartina, indifferente e irrevocabile come la chiamata alle armi.

Ma tra le ultime due righe sta la conseguenza che il documento ufficiale nasconde: la morte per «popolo e Führer». L'autrice chiama cinicamente la morte: «Prato verde oppur bianco». Erba estiva o invernale, tomba mascherata da prato, dispersa nel mondo.

Prova del fuoco

Ordine del Führer: la donna tedesca non fuma.
(L'armata Rossa era vicino a Danzica).
Nel giornale c'era: dovere morale femminile
Arruolare, annata venticinque.

Il ministro della propaganda sputò
Sedici righe di elogi alle ragazze
Davanti a Berlino nel fumo di una batteria
[contraerea
Caddero nella prova del fuoco:

Hanna Preuß, 20, moglie di soldato.
Si tenne il suo soldato quattro settimane.
All'elmo d'acciaio, all'altare in grigio militare
Ha promesso fedeltà fino alla morte.

Elvira, artigliera, figlia unica
Del commerciante di carbone all'ingrosso Krause
Aveva scritto diciotto, quando andò di nascosto
[alla leva
Diciassette anni sta scritto sulla lapide a casa.

Anna Simon, che prima di morire gridò:
Chi ci ha traditi?
Non volevo una batteria contraerea
Non volevo essere tra i soldati.

Quattro ragazze morte, una senza volto
Aggiunsero i soldati
E uno si prese per ricordo
La scarpa da donna insanguinata.

In queste righe la concretezza di un protocollo. Le strofe chiamano nomi all'appello. Un appello dei morti, come se si trattasse di mostrare ad ognuno dei chiamati, nel semicerchio, il chiodo per chiudere la sua bara. Spuntare dei nomi perché prossimamente non saranno più persone ma solo lettere strette sulle corone funebri. La riga del nome è nel tono del comando, le parole che giungono in seguito sono ripiegate e silenziose. L'ultima strofa esce dall'appello. Guarda dall'esterno a quanto è avvenuto.

Ci scuote il fatto che il mentire sulla propria età di Ruth Klüger dalla parte delle vittime (*Di' che hai quindici anni*) si presenti anche dalla parte dei colpevoli. La ragazza Elvira, artigliera, si aggiunge un anno. Non per uscirne, ma per avere il permesso di entrarci, in guerra. «*Aveva scritto diciotto, quando andò di nascosto alla leva / Diciassette anni sta scritto sulla lapide a casa*».

La prospettiva delle poesie sulla guerra di Inge Müller assomiglia a quella di Theodor Kramer sulla Prima guerra mondiale. Ma solo la prospettiva. Il tono, in Inge Müller, è completamente diverso: rigido e freddo. La rima accosta senza mediazioni la piccolezza alla grandezza. Questa piccolezza spalanca, leggendo, la grande sventura. Inge Müller fa saltare i pensieri verso una sensibilità priva di protezioni. Questa sensibilità capisce in un modo più repentino e veloce della ragione. La sua sensibilità si presenta come ingenua, ma è il contrario dell'ingenuità. Così si giunge a questa profonda emozione che, nelle poesie, scuote, a questo essere in frantumi pur continuando a muoversi. A questa tonalità duplice, flemmatica e trasparentemente tenera. La rima produce il cliché e lo mette a nudo. Conduce il suo gioco. Può permettersi questa burla poiché lo sguardo di queste poesie ha allontanato da sé già da tempo ogni cliché.

Lettera di un'aiutante della Wehrmacht

Oggi sono soldato
Devo dimenticar tutto e sparare
Ieri sedevamo davanti alla città morta
Tu e io ai tuoi piedi.

Il mio vestito lo riporta la posta
Io forse non faccio ritorno
Dovere e sorte dei soldati
Odio le canzoni militari.

Su di me l'uniforme e un fucile
Una maschera antigas e due coperte
Non mi vedo più nello specchio
Dalla morte non ci si può nascondere.

Adesso di te so di più
So come gli uomini ci abbandonano
Ciechi di vittoria o ciechi di birra
Morte al comando: odiare.

Imparo ad andare al passo come te
Si può imparare ad odiare?
Vidi soldati fermi ai lampioni
Soldati pendevano dai lampioni.

Il lampione come luogo del rivedersi, la canzone di Lili Marleen qui viene cantata al rovescio. La sposa del soldato non è a casa, ma in guerra, porta i pantaloni. Qui non può più attendere, non può consolare chi torna a casa a pezzi come se fosse un'icona intatta. Qui lei si spezza come lui. Il palo del lampione rappresenta qui quello che così spesso è diventato in un batter d'occhio ai tempi dell'assassinio: una forca. «*Vidi soldati fermi ai lampioni / Soldati pendevano dai lampioni*».

Anche laddove la sposa del soldato non porta i pantaloni, non si riconosce più nel ruolo della consolatrice. Tra lei e lui, tornato a casa, si erge il tempo rubato, rivolto contro l'amore. L'uomo è licenziato dall'amore. Non può far ritorno com'era partito: ha fatto sanguinare degli altri e forse ha sanguinato lui stesso. Ha varcato il territorio della morte e vi si è trasformato.

Pensieri della sposa di un soldato

Il numero di latta sul tuo petto
Preme ad ogni bacio
Come una pietra tombale:

Possa la terra essergli lieve.
Se la terra non pesa
È perché è vuota
Non andare da solo
Io ci imprimo il mio cuore.

Per tre giorni, gli ultimi di guerra, Inge Müller rimase sepolta sotto le macerie. Poco dopo estrasse lei stessa i suoi genitori morti dalle rovine della sua casa natale bombardata.

Curriculum vitae
Nata nel retro di casa
Padre: quello che a quattro anni vende cipolle
Per la madre, che cuciva di notte
Per i cinque figli e il marito
E piangeva, di rado, per quello caduto dalla [finestra
E per quello della Signorina vicina di casa:
Soffocato nel secchio dell'immondizia.

Madre: ceto medio alto
Si sposò uno del retro di casa
Contro suo padre. Che trovò
Poi il genero non male.

Come casa un buco ma nuovo
Le finestre sempre spalancate
Vedo ancora la porta coloratissima
Non era mai chiusa a nessuno.

Attraverso la porta giunse anche l'ordine di
[partire.
Quando tornai dopo mille anni
Un'altra porta mezza bruciata giaceva
Sopra quelli che vi stavano sotto.

Questo era ciò che era il mondo: senza porte
E chi aveva piedi camminò
Sopra le tombe, che erano senza croce
Silenziose e sconfinatamente profonde.

La parola «porta» per Inge Müller significa quest'altra parola: vivere. Un mondo *senza porte* è devastato. Dove non c'è più una porta la terra è aperta, una tomba. Porta, questo è un confine da cui iniziare. La storia di porte distrutte è l'immagine della storia di esseri umani distrutti.

Dopo il bombardamento

Una bella mattina! Più nessun albero davanti
[a casa
E non ci sono più case sotto gli alberi.

Una natura morta nel peggior senso del termine. Alberi, case – Inge Müller trascina sempre il rispecchiamento del paesaggio dentro alla sventura umana. Nell'inventario del vuoto non compaiono uomini, non più.

Solo il cielo è lo stesso.
Rabbrividendo conto le nuvole.
Depongo fiori di ortica, quando vado a casa
Ridendo su una tomba straniera.

Finché ebbe vita, Inge Müller visse con il trauma delle macerie: con lei cammina sopra la terra una donna che vi era già sotto. Manca qualunque motivazione per raccontare, non va più *avanti* niente. La vita viene spinta da *dietro*. Essa strappa parole dalla ragione e le lascia subito cadere. Soltanto mentre vanno in frantumi le parole risuonano. E soltanto per questo tempo Inge Müller guarda:

Rovine '45

Qui mi trovai
E in un panno mi legai
Un osso per mammà
Un osso per papà
E uno nel libro.

Un capovolgimento, un'inversione terrificante: come mamma e papà convincono il loro bambino a mangiare (mendicando un boccone per la mamma, un pochino per il papà), allo stesso modo in questa poesia la bambina offre ai genitori se stessa a pezzetti. Una persona dilaniata legata in un panno, il fagotto del cammino dalla vita alla morte. Esistono queste immagini di esseri dilaniati. Mia nonna ne aveva una di suo figlio, squarciato da una granata e collocato nel centro di un panno bianco. E il panno bianco in mezzo a un campo brullo. La fotografia non era più grande di una scatola di fiammiferi. Era stata spedita a mia nonna come notizia della morte del figlio. Se la portò nel suo libro di preghiera finché visse.

Le poesie sull'essere sepolta di Inge Müller sono numerate progressivamente: Macerie I, II, III. Una durata che è parcellizzata; ciò significa in questo caso continuare a tuffare la testa, una volta dopo l'altra, in immagini di morte.

Sotto le macerie I

Dormii sotto i latrati dei tubi di ferro
Già nel pugno della terra
Come il piccolo Mosè galleggiante nella cesta
Tra canne e frangenti
E mi svegliai quando da qualche parte nel cuore
[dei continenti
Salì fumo dal mare aperto
Più caldo di mille soli
Più freddo di un cuore di marmo.
Su sedici piedi andai presa nel mezzo
Il primo passo verso la polvere.

E nella seconda poesia si dice:

Tu non mi porti via, o morte, mi faccio pesante
Finché non vengono e scavano
Finché non mi hanno
Te ne vai a mani vuote.

Quando si tratta della vita, c'è in Inge Müller: *Camminai e camminai*. E quando si tratta della morte, viene portata. La paura rende il corpo leggero, la morte lo rende pesante. L'essere a pezzi che spunta fuori da queste poesie agisce nella logica abbreviata, nel corto circuito della sensibilità. Non vi è più un polo tranquillo.

Il carro nero

Ecco viene il nero carro
Il cavallo, quello va al passo
E chi da solo non può camminare
Se lo porta via il carro.

Inge Müller ha conservato questa sua poesia giovanile, come uno scongiuro, nella minaccia della sua compiuta verità, senza più mutarla per anni, tra poesie più tarde e tra i disegni del suo diario. Si porta in testa il trauma delle macerie come terra che non appartenga a quel luogo. Ma sotto i piedi di terra non ne ha. Il filo cui Inge Müller tenta di aggrappare la sua vita è costituito da dignità ritorta e violata e da autorimproveri. Inge Müller prende su di sé quello che l'intera generazione della guerra dopo il 1945 nasconde. Nel nuovo stato della DDR è immobilizzata, e lo è al contempo anche davanti a questo stato che ha delegato velocemente il suo nazionalsocialismo di prima all'Ovest e si è definito antifascista. In cui gli antifascisti sono diventati funzionari statali, fantocci meccanici della nuova ideologia. Essa risuona ininterrottamente verso il futuro. Viene preannunciata la corsa al progresso. Inge Müller ciondola là intorno, ricorda e disturba. È rimasta attaccata alla se stessa di prima, dei tempi della guerra.

Vista da fuori la colpa di Inge Müller non è reale. Era stata arruolata come ultimo spiegamento di forze della guerra, come carne da cannone. Apparteneva alla gioventù hitleriana con le chiavi del cielo al collo. La guerra era decisa da tempo e, grazie a Dio, era decisamente persa. Solo potenzialmente Inge Müller avrebbe potuto rendersi colpevole. La sensibilità della sua morale tuttavia non si libera da questa ipotesi. Essa non si riferisce solo al suo singolo agire, ma all'azione criminosa in generale. E si logora chiedendosi come si sarebbe comportata se fosse nata un paio d'anni prima e le fosse stato ordinato di andare in guerra. Fino a che punto e contro chi avrebbe potuto andare nell'uniforme della Wehrmacht. Inge Müller fu accusata di «disfattismo» perché non accettò la «Croce di ferro» che premiava i suoi servizi in Sanità. Lei disse caparbia che era assolutamente naturale aiutare i feriti.

Per Inge Müller il minimo gesto era moralità personale. In lei si misura dall'interno. L'Io non viene spostato di un millimetro dal punto in cui deve aver paura di se stesso.

Pensiamo a Theodor Kramer e a Ruth Klüger, e dobbiamo pensare a loro, allora Inge Müller sta in verità dalla parte opposta, in un'uniforme della Wehrmacht. E con uno scopo che per Theodor Kramer e Ruth Klüger significa la morte. Ma guardiamo ora Theodor Kramer, Ruth Klüger e Inge Müller come persone singole, e dobbiamo far questo: dobbiamo considerarli attraverso quanto hanno scritto. Allora noteremo: le dittature possono istigare anche le persone fra loro più simili le une contro le altre. In tutto ciò che è partito da loro Kramer, Klüger, Inge Müller si avvicinano l'uno all'altro. Sono così simili nella loro struttura psichica, e così dannatamente e irrevocabilmente dissimili nella colpa. E sono stati spinti all'estremo nello stesso modo. Se un colpevole senza paura non avesse costruito la trappola, se innumerevoli colpevoli e complici paurosi non avessero servito la trappola, nessuno dei tre autori sarebbe andato in pezzi.

Leggendo non posso fare altro che metterli tutti e tre sullo stesso tavolo. Ma un tavolo simile non sta in piedi. Tutti tacciono, solo l'«uso dell'uomo» (Aleksandar Tišma)[5] parla a questo tavolo.

Amore dopo Auschwitz

Era amore
Quando venni da te
Perché dovevo
Era amore quando me ne andai via da te
Perché sapevo.
L'antica vergogna è falsa vergogna.

Qui non fu d'aiuto alcun dio né alcuna compagnia.

E andai. E qui nulla fu fatto
Guardai me e te
E guardai gli altri
E non bastava ancora.

Qui non fu d'aiuto alcuna separazione.

Le poesie d'amore di Inge Müller sono altrettanto vicine alla morte che alla vita. L'amore non è fuori dal tempo e dagli atti. Proprio l'amore, come nient'altro al mondo, è destinato ad accogliere e includere tutto ciò che la ragione intuisce e sa. «*Chi non vuole perdere la ragione è nel giusto, per-*

ché la ragione, qualità umana per eccellenza, deve esserci cara quanto l'amore», dice Ruth Klüger. Le poesie di Inge Müller certificano l'autenticità di questa frase. I tempi dal 1933 fino alla morte volontaria di Inge Müller, nel 1966, sono continua e progressiva distruzione.

Giunge un giorno
Inviato da noi
L'uomo
Del presagio.
Vantatevi voi,
Voi che ci conficcate
Nel selciato calpestandoci.

Una poesia della DDR. Questo nuovo stato passò dal nazionalsocialismo allo stalinismo. Gli antifascisti di allora divennero dispotici, intoccabili funzionari statali. Annullarono l'antifascismo nell'ideologia. La verità fu manipolata fino a che fu conforme a questa situazione, oppure fu nascosta. Lo strumento della politica era la repressione. Stalin morì nel 1953, ma da queste parti respirò ancora a lungo. Ulbricht aveva bisogno di questo respiro. Honecker lo prese in consegna. Per questo quando Inge Müller scrive una poesia sulla vita nel 1933, vi si leggono contemporaneamente gli anni Cinquanta.

Nel ’33 per la strada
Karl il fabbro ha fatto la maturità
Questo gli ha portato la cicatrice sulla fronte
E due anni di galera.
[...]
Ma nelle cantine di notte
Karl il fabbro ha ancora studiato
Con quelli che di giorno in fabbriche e pozzi
Furono martoriati e di notte portati via.

Amici I

Uno era sottile come una fiammella
E bruciava come un grande fuoco
Un giorno ne venne uno nuovo
Distrussero la fiammella.
Non aveva onorificenze
Solo sangue sul mento.

La storia per Inge Müller era e rimase disprezzo del genere umano di dimensioni storiche. Là dove, nelle poesie, compare la parola *amici*, la vicinanza è tagliata via dalla solitudine. Assoluta solitudine, immobile, vuoto in egual misura, muto dentro e insulso fuori. Nello «stato degli operai e dei contadini» l’utopia del socialismo è presto verificata. Si è avvicinata ai campi di cadaveri di Stalin senza spaventarsi, si è trasformata in crimine come l’utopia del nazionalsocialismo. L’epoca degli anni Cinquanta è già un’epoca dopo la speranza.

Max

Era spesso ubriaco
Non gli faceva male
Aveva cura degli ululoni
Sul lago
Per i loro occhi d'oro
Era così. Al contrario
Quand'era ragazzo
Gonfiava anche rane fino a farle scoppiare
E pagava per questo
Fino a che si ritrovò
Sulla sponda del lago
E disse: questo lo sfido.

Amici che non ci sono più, che si aggirano come fantasmi per la poesia sotto forma di iniziali. Una sorta di protezione li attira a sé, un timore di rivelarne i nomi, un segreto in cui trova ancora posto l'amore:

Per H. E.

Grigio è il cielo prima dell'alba
Lo storno canta troppo presto nella neve
Prima che il sole sia alto.
(La morte fa male a chi canta).

E nella poesia «Per E. A.» si dice:

Per E. A.

Uno fra tutti. Mi manchi molto.
E ricordati di Hannes Blender.

Un nome intero, con tutte le sue lettere, può appoggiarsi al verso finale di una poesia. E non viene detto che cosa accosti questi due nomi. Il motto *Uno per tutti* diventa in questa poesia *Uno fra tutti*. Qui cioè conta quest'uno. Il dolore grida per lui, per ciascuno.

Inge Müller ha vissuto gli anni Cinquanta da adulta. Dopo la prima distruzione nella Seconda guerra mondiale ha visto come gli esseri umani ancora una volta non contino nulla. Il Noi governava contro l'Io. Per il singolo fu inventata e *distribuita* la colpa. Il piccolo sospetto sorgeva dal nulla ed era sufficiente a venire ricattati. La denuncia era di nuovo diventata una virtù. Per Inge Müller vivere ancora *in* quel tempo era fuori discussione. Per una tale vita fu fin dall'inizio troppo tardi: il nervo era scoperto. Non aveva dimenticato di essersi già lasciata sedurre una volta dall'uniforme della Wehrmacht. Era cresciuta nel dubbio, non si è più prestata a fare da complice.

Inge Müller tenne segrete quasi tutte le sue poesie per tutto il tempo della sua vita. Rimasero un discorso nascosto nella sua bocca, un silenzioso compromesso con il dolore. Il salvataggio del tempo della sua vita schiacciato dalla follia della storia è contemporaneamente proprio il tentativo di resistere negli alti e bassi di una memoria aggressiva. Facendo scongiuri con la parola poetica Inge Müller tira ad un capo del filo. All'altro capo tuttavia tira il «carro nero», l'acuta stanchezza di vivere. Quando lo si sa, non è necessario constatare che queste poesie insistono sull'intimità.

Inge Müller fu coautrice delle prime opere di Heiner Müller. Per tredici anni, fino al suicidio, fu sua moglie. Come ha potuto questa donna a pezzi, che ha vissuto la storia come sventura personale, lasciare entrare nella sua vita l'uomo che ha definito la storia come materiale? Colui che non vuole lasciarsi commuovere dalla sventura della storia, ma solo informare servendosi di essa. Colui che ritiene le posizioni etiche un intralcio interno nel processo della scrittura, invece di lamentarsi dell'intralcio esterno costituito dall'ideologia e dalla censura.

Solo nel 1985, quasi vent'anni dopo la morte di Inge Müller, uscì presso Aufbau-Verlag, l'unica[6] raccolta di poesie, *Wenn ich schon sterben muß*, «Se proprio devo morire». Un anno più tardi fu ripubblicata da Luchterhand. Quando nel 1962, sotto la direzione di Stephan Hermlin, si tennero alla

Akademie der Künste delle letture di poesia, Inge Müller non venne citata. Neppure nel successivo dibattito sul «ruolo della lirica nella società socialista» se ne parlò. E si può immaginare che anche in quei giorni dedicati alla lirica, come in molti altri, si sia chiusa in camera e abbia suonato la fisarmonica fino all'esaurimento fisico. Tentava, attraverso la musica, di sciogliere, alla lettera, la sua vita. E dietro ogni tasto stava in agguato il pensiero di aprirsi le vene dei polsi. Inge Müller lo fece parecchie volte e sopravvisse.

Heiner Müller ha accompagnato il libro *Wenn ich schon sterben muß* con una mezza pagina di parole imbarazzate che fungevano da introduzione: «Ho letto più di una volta le poesie stampate in questa raccolta; alcune mi erano estranee, altre mi hanno fatto arrabbiare, molte le ho capite solo dopo la morte volontaria della donna che le ha scritte in tredici anni accanto a me». In seguito egli ha contestato la collaborazione di lei alle sue prime opere (*Der Lohndrücker*, «Quello che trattiene il salario»; *Die Umsiedlerin*, «La trasferita»). In questa vita in comune si intuisce ancora una volta quanto dice Ruth Klüger delle sue relazioni con gli altri: il bagaglio più pesante resta celato a chi è più vicino.

«*Una sensibilità nervosa, disciplinata, attiva e di un estremo allarmismo*», scrive Adolf Endler, per quanto mosso dalla volontà di stigmatizzare Inge Müller, e caratterizzava come segue il suo stile inusuale: «*una poesia sull'orlo del precipizio*». Dalla critica viene attribuita a Inge Müller una lingua «che si rivolge ai nervi», «un realismo senza metafore», una «tremenda semplicità». Tra il 1945 e l'anno della morte, il 1966, Inge Müller ha scritto appena cento testi. I pochi che furono pubblicati nella DDR vennero squalificati come «soggettivistici». Nelle antologie poetiche della DDR, *Sonnenpferde und Astronauten*, «Cavalli del sole e astronauti», e *Bekanntschaft mit uns selbst*, «Conoscenza con noi stessi», non fu accolta alcuna poesia di Inge Müller. Nella canonica storia della letteratura della DDR (II ed. 1977) Inge Müller non compare, sebbene sue isolate poesie fossero apparse fin dagli anni Sessanta in antologie e almanacchi. «*Ciò che non va, viene eliminato / Ciò che viene eliminato, va / Prego di eliminarmi*» scrive Inge Müller.

La notte indossa pantofole
Di pelle e d'oro
A passo di stivali marcia il giorno
Che sorpassa la nostra notte.

Se domani mattina alla luce del crepuscolo
Lo storno grida dalla grondaia
Rimane la tua poesia e la mia poesia
Noi e la notte siamo lontani.

Il 1° giugno 1966, dopo numerosi tentativi di suicidio e ricoveri in strutture psichiatriche, Inge Müller si è tolta la vita con dei sonniferi.

Luna luna nuova la tua falce
Miete il nostro tempo come grano
Stiamo ritti nel cielo
Su un sottile vetro d'ore.[7]
La stella va per la sua strada
Noi cerchiamo la nostra strada
Se dovessi crollare
Scavalcami.

Note

Federica Venier ringrazia di cuore gli amici Hannes Grote, per l'attenta e affettuosa revisione dell'intero volume, e Nicoletta Da Crema, per i preziosi pareri sul secondo dei saggi della raccolta, *Di' che hai quindici anni*. Resta inteso che ogni possibile limite del presente lavoro è da imputarsi solo alla curatrice.

Di quanto contenuto in questo volume sono già apparsi in italiano, sempre per le cure di Federica Venier, il primo saggio della raccolta, *In trappola* (in «Idra», X, 2000, n. 20, pp. 249-266), e alcune poesie di Inge Müller (in *L'altro sguardo. Antologia delle poetesse del '900*, a cura di Guido Davico Bonino e Paola Mastrocola, Nuova edizione, Mondadori, Milano 2010, pp. 331-333 e nota bio-bibliografica alle pp. 413-414).

I. *In trappola*

[1] Inge Müller, *Wenn ich schon sterben muß. Gedichte,* herausgegeben von Richard Pietraß, Aufbau Verlag, Berlin 1985; edizione ripresa senza variazioni da Luchterhand Literaturverlag, Darmstad-Neuwied 1986. Di questa raccolta poetica, di cui si dà qui il titolo in traduzione, non esiste una versione italiana. Si confronti il terzo saggio di questa raccolta, splendida ricostruzione della tragedia di Inge Müller.

[2] Tutti i corsivi e le parentesi quadre nel testo dell'intero volume sono di Herta Müller.

[3] L'andamento da ballata che caratterizza questo componimento, in versi decasillabi fortemente scanditi dalla rima (qui strofe dalla struttura ABCCB) lo si ritroverà anche nelle composizioni che seguiranno. Ci si augura dunque fin d'ora l'intervento di un poeta, che ami questi testi e li traduca «da poeta», consentendo così anche ai non germanofoni di coglierne interamente la bellezza e di avvertire lo strazio che si annida nel contrasto tra la *gravitas* del contenuto e la *levitas* della forma.

[4] Non esistono traduzioni italiane di questo autore. Si fa dunque riferimento all'edizione delle *Gesammelte Gedichte*, herausgegeben von Erwin Chvojka, 3 Bde, Europa Verlag, Wien 1984.

[5] Titolo questo che si potrebbe tradurre con «Punto di svolta».

[6] Con questo termine, con cui originariamente si designavano componimenti cantabili, lirici o epici, della poesia antico-francese, si fa ora riferimento ai *Kabarettlieder*, alle canzoni da cabaret. In realtà, come già detto *supra* e come si vedrà *infra*, siamo qui di fronte a un riuso, libero e tragico, delle strutture della ballata, tipo di componimento profondamente radicato nella cultura tedesca.

[7] *Todesfuge* comparve nella raccolta *Mohn und Gedächtnis*, Deutsche Verlag-Anstalt, Stuttgart 1952. Ora è rintracciabile alla p. 60 della raccolta completa delle poesie di Paul Celan, a cura di Giuseppe Bevilacqua, *Poesie* (Mondadori, Milano 1998).

[8] Anche qui l'andamento ritmico del tedesco è martellante, ancor più che nel componimento precedente, visto che tutte le strofe hanno la stessa struttura, ma la rima A è presente in tutte: ABBA ACCA ADDA AEEA. Se non si temesse di tradire le parole di Kramer e ci si abbandonasse al ritmo, si avrebbe qualcosa del tipo di: «A dire il vero, non m'hanno fatto niente. / Da tempo ormai non scrivo in un giornale, / però mia madre non sta poi tanto male. / A dire il vero, non m'hanno fatto niente».

[9] Si rimanda qui al libro di Ruth Klüger, *Weiter leben. Eine Jugend* (Wallstein Verlag, Göttingen 1992), nella bella versione italiana di Andreina Lavagetto (*Vivere ancora. Storia di una giovinezza*, Einaudi, Torino 1995) cui si farà costante riferimento nel secondo saggio della presente raccolta.

[10] Il riecheggiamento del ritmo dell'*Erlkönig* goethiano è qui evidente, come pure particolarmente vistosa è qui la ripresa di altre caratteristiche della ballata, quali l'andamento dialogico e il finale drammatico.

[11] In inglese nel testo: è la birra.

[12] Invece che in braccio, in spalla o in qualunque altro modo. È l'immagine di una poesia-amuleto.

[13] Si adottano qui i due termini di Primo Levi.

II. *Di' che hai quindici anni*

[1] I brani del libro di Ruth Klüger, *Weiter leben. Eine Jugend* (Wallstein Verlag, Göttingen 1992), come anticipato nel saggio precedente, sono tutti tratti, fatte salve minime modifiche rese necessarie dal nuovo contesto (come ad esempio nel caso del titolo di questo brano), dall'eccellente traduzione che del libro fece Andreina Lavagetto per i tipi di Einaudi (*Vivere ancora. Storia di una giovinezza*, Einaudi, Torino 1995). Data la struttura del testo e secondo l'originale non si dà qui la pagina da cui sono tratte le citazioni.

[2] Oskar Pastior è il poeta rumeno-tedesco, amico di Herta Müller, sulle cui vicende di prigionia nel campo di lavoro forzato sovietico in Ucraina, alla fine della Seconda guerra mondiale, si incentra l'ultimo romanzo della scrittrice, *Atemschaukel* (Hanser Verlag, München 2009; trad. it. di Margherita Carbonaro, *L'altalena del respiro*, Feltrinelli, Milano 2010). La morte, nel 2006, impedì ad Oskar Pastior la progettata stesura a quattro mani del romanzo.

[3] Il volume di Sahl fu pubblicato per la prima volta a Francoforte sul Meno nel 1959 e poi riedito da Luchterhand (Amburgo-Zurigo) nel 1991. In italiano il titolo suonerebbe: *I pochi e i molti*.

[4] L'autrice rimanda erroneamente a *Se questo è un uomo*, mentre l'episodio viene narrato in *I sommersi e i salvati* (Einaudi, Torino 1986; ora in P.L., *Opere*, Gruppo Editoriale L'Espresso su licenza di Giulio Einaudi editore, Roma 2009, vol. IV, pp. 995-1153), e più precisamente al quarto capitolo, *Comunicare*, cui ci si rifà direttamente qui per le citazioni. In questo passo non ritraduco in italiano dalla traduzione tedesca ma faccio riferimento direttamente al testo di Primo Levi.

[5] Ecco integralmente l'originale di Levi: «Ad Auschwitz "mangiare" si rendeva con *fressen*, verbo che in buon tedesco si applica soltanto agli animali. Per "vàttene" si usava l'espressione *hau' ab*, imperativo del verbo *abhauen*; questo, in buona lingua, significa "tagliare, mozzare", ma nel gergo del Lager equivaleva a "andare all'inferno, levarsi di torno". Mi è accaduto una volta di usare in buona fede questa espressione (*Jetzt hauen wir ab*), per prendere congedo da alcuni educati funzionari della Bayer dopo un colloquio d'affari. Era come se avessi detto "ora ci togliamo dai piedi". Mi guardarono stupiti: il termine apparteneva ad un registro linguistico diverso da quello in cui si era svolta la conversazione precedente, e non viene certo insegnato nei corsi scolastici di "lingua straniera". Spiegai loro che non avevo imparato il tedesco a scuola, bensì in un Lager di nome Auschwitz; ne nacque un certo imbarazzo, ma, essendo io in veste di compratore, continuarono a trattarmi con cortesia. Mi sono reso conto in seguito che anche la mia pronuncia è rozza, ma deliberatamente non ho cercato di ingentilirla; per lo stesso motivo non mi sono mai fatto asportare il tatuaggio dal braccio sinistro» (*op. cit.*, pp. 1067-1068).

[6] Hans Josef Maria Globke (1898-1973), giurista, fu Segretario di Stato di Konrad Adenauer nonostante il suo discusso passato nazista: era stato editore, curatore e commentatore delle leggi razziali, le *Nürnberger Rassengesetze*.

III. *Il mio vestito lo riporta la posta*

[1] «Deutschland, alte Mutter», il riferimento è chiaramente a *Deutschland*, di Bertolt Brecht e al suo *incipit*: «O Deutschland, bleiche Mutter!», il celebre: «Germania, pallida madre».

[2] «Cannoni invece di burro» (*Kanonen statt Butter*) è un noto motto nazista, esortante a resistere, degli ultimi anni della Seconda guerra mondiale. Il riferimento è ripreso nel verso successivo dalla menzione di Krupp.

[3] «L'imbuto di Norimberga» (*Nürnberger Trichter*) è un sintagma che fa riferimento a una serie di realtà della storia tedesca. Dall'epoca barocca ci si riferisce con questa espressione a un metodo di insegnamento acritico e meccanico attraverso cui si riverserebbero (*eintrichtern*) nozioni nell'apprendente come liquidi attraverso un imbuto. Contemporaneamente si fa riferimento ai *Nürnberger Reichsparteitage*, giornate dedicate dai nazisti alla propaganda e all'indottrinamento, e alla città devastata dalle bombe, il cui cratere si chiama *Bombentrichter*.

[4] «Staccato» nel senso tecnico musicale, uno staccato di frasi fatte.

[5] L'autrice fa qui riferimento al romanzo di Alexandar Tišma, *Upotreba čoveka* (1985), tradotto dal serbo in italiano da Lionello Costantini, per le cui cure esso uscì con il titolo di *L'uso dell'uomo* (Jaka Book, Milano 1988). Herta Müller legge la traduzione tedesca di Barbara Antowiak, uscita con il titolo *Der Gebrauch des Menschen* presso dtv (München 1994). In Germania il nome dell'autore è scritto "Alexander", mentre in Italia viene mantenuto nella versione originale di "Alexandar".

[6] In realtà a questa prima raccolta (per cui cfr. nota 1), in parte organizzata da Inge Müller stessa, fece seguito, dopo la stesura del saggio che qui si traduce, un volume di scritti vari (sia inediti sia provenienti dalla prima raccolta), a cura di Sonja Hilzinger, *Daß ich nicht ersticke am Leisesein* (che tradotto suona: *Che io non muoia di silenzio*), Aufbau-Verlag, Berlin 2002.

[7] "*Stundenglas*", qui tradotto con "vetro d'ore" è termine arcaico per indicare la clessidra. Si è preferita però qui una traduzione letterale, e quindi in certo senso metaforica, a quella moderna che non rendeva l'immagine scelta dalla poetessa. Si può infatti camminare su un vetro sottile, fragile cristallo, ghiaccio pronto a rompersi, ma non su una clessidra.

Edizioni cui si fa riferimento nel volume

Theodor Kramer, *Orgel und Staub. Gesammelte Gedichte*, ausgewählt von Erwin Chvojka, Nachwort von Hans J. Frölich, Hanser Verlag, München 1983.

Theodor Kramer, *Gesammelte Gedichte*, herausgegeben von Erwin Chvojka, 3 Bde, Europa Verlag, Wien 1984 [poi: Paul Zsolnay Verlag, Wien; ultima edizione: 2005].

Ruth Klüger, *Weiter leben. Eine Jugend*, Wallstein Verlag, Göttingen 1992 [trad. it. di Andreina Lavagetto, *Vivere ancora. Storia di una giovinezza*, Einaudi, Torino 1995].

Inge Müller, *Wenn ich schon sterben muß. Gedichte*, herausgegeben von Richard Pietraß, Luchterhand Literaturverlag, Darmstadt-Neuwied 1986 [prima edizione: Aufbau Verlag, Berlin 1985].

Indice

Questo volume è stato stampato
su carta Grifo vergata
delle Cartiere Miliani di Fabriano
nel mese di settembre 2010

Stampa: Officine Grafiche Riunite, Palermo

Legatura: LE.I.MA. s.r.l., Palermo

La memoria

Ultimi volumi pubblicati

501 Alessandra Lavagnino. Una granita di caffè con panna
502 Prosper Mérimée. Lettere a una sconosciuta
503 Le storie di Giufà
504 Giuliana Saladino. Terra di rapina
505 Guido Gozzano. La signorina Felicita e le poesie dei «Colloqui»
506 Ackworth, Forsyth, Harrington, Holding, Melyan, Moyes, Rendell, Stoker, Vickers, Wells, Woolf, Zuroy. Il gatto di miss Paisley. Dodici racconti gialli con animali
507 Andrea Camilleri. L'odore della notte
508 Dashiell Hammett. Un matrimonio d'amore
509 Augusto De Angelis. Il mistero delle tre orchidee
510 Wilkie Collins. La follia dei Monkton
511 Pablo De Santis. La traduzione
512 Alicia Giménez-Bartlett. Messaggeri dell'oscurità
513 Elisabeth Sanxay Holding. Una barriera di vuoto
514 Gian Mauro Costa. Yesterday
515 Renzo Segre. Venti mesi
516 Alberto Vigevani. Estate al lago
517 Luisa Adorno, Daniele Pecorini-Manzoni. Foglia d'acero
518 Gian Carlo Fusco. Guerra d'Albania
519 Alejo Carpentier. Il secolo dei lumi
520 Andrea Camilleri. Il re di Girgenti
521 Tullio Kezich. Il campeggio di Duttogliano
522 Lorenzo Magalotti. Saggi di naturali esperienze
523 Angeli, Bazzero, Contessa Lara, De Amicis, De Marchi, Deledda, Di Giacomo, Fleres, Fogazzaro, Ghislanzoni, Marchesa Colombi, Molineri, Pascoli, Pirandello, Tarchetti. Notti di dicembre. Racconti di Natale dell'Ottocento
524 Lionello Massobrio. Dimenticati
525 Vittorio Gassman. Intervista sul teatro
526 Gabriella Badalamenti. Come l'oleandro
527 La seduzione nel Celeste Impero

528 Alicia Giménez-Bartlett. Morti di carta
529 Margaret Doody. Gli alchimisti
530 Daria Galateria. Entre nous
531 Alessandra Lavagnino. Le bibliotecarie di Alessandria
532 Jorge Ibargüengoitia. I lampi di agosto
533 Carola Prosperi. Eva contro Eva
534 Viktor Šklovskij. Zoo o lettere non d'amore
535 Sergej Dovlatov. Regime speciale
536 Chiusole, Eco, Hugo, Nerval, Musil, Ortega y Gasset. Libri e biblioteche
537 Rodolfo Walsh. Operazione massacro
538 Turi Vasile. La valigia di fibra
539 Augusto De Angelis. L'Albergo delle Tre Rose
540 Franco Enna. L'occhio lungo
541 Alicia Giménez-Bartlett. Riti di morte
542 Anton Čechov. Il fiammifero svedese
543 Penelope Fitzgerald. Il Fanciullo d'oro
544 Giorgio Scerbanenco. Uccidere per amore
545 Margaret Doody. Aristotele e il mistero della vita
546 Gianrico Carofiglio. Testimone inconsapevole
547 Gilbert Keith Chesterton. Come si scrive un giallo
548 Giulia Alberico. Il gioco della sorte
549 Angelo Morino. In viaggio con Junior
550 Dorothy Wordsworth. I diari di Grasmere
551 Giles Lytton Strachey. Ritratti in miniatura
552 Luciano Canfora. Il copista come autore
553 Giuseppe Prezzolini. Storia tascabile della letteratura italiana
554 Gian Carlo Fusco. L'Italia al dente
555 Marcella Cioni. La porta tra i delfini
556 Marisa Fenoglio. Mai senza una donna
557 Ernesto Ferrero. Elisa
558 Santo Piazzese. Il soffio della valanga
559 Penelope Fitzgerald. Voci umane
560 Mary Cholmondeley. Il gradino più basso
561 Anthony Trollope. L'amministratore
562 Alberto Savinio. Dieci processi
563 Guido Nobili. Memorie lontane
564 Giuseppe Bonaviri. Il vicolo blu
565 Paolo D'Alessandro. Colloqui
566 Alessandra Lavagnino. I Daneu. Una famiglia di antiquari
567 Leonardo Sciascia scrittore editore ovvero La felicità di far libri
568 Alexandre Dumas. Ascanio
569 Mario Soldati. America primo amore
570 Andrea Camilleri. Il giro di boa
571 Anatole Le Braz. La leggenda della morte
572 Penelope Fitzgerald. La casa sull'acqua
573 Sergio Atzeni. Gli anni della grande peste

574 Roberto Bolaño. Notturno cileno
575 Alicia Giménez-Bartlett. Serpenti nel Paradiso
576 Alessandro Perissinotto. Treno 8017
577 Augusto De Angelis. Il mistero di Cinecittà
578 Françoise Sagan. La guardia del cuore
579 Gian Carlo Fusco. Gli indesiderabili
580 Pierre Boileau, Thomas Narcejac. La donna che visse due volte
581 John Mortimer. Avventure di un avvocato
582 François Fejtö. Viaggio sentimentale
583 Pietro Verri. A mia figlia
584 Toni Maraini. Ricordi d'arte e prigionia di Topazia Alliata
585 Andrea Camilleri. La presa di Macallè
586 Guillaume Prévost. I sette delitti di Roma
587 Margaret Doody. Aristotele e l'anello di bronzo
588 Guido Gozzano. Fiabe e novelline
589 Gaetano Savatteri. La ferita di Vishinskij
590 Gianrico Carofiglio. Ad occhi chiusi
591 Ana María Matute. Piccolo teatro
592 Mario Soldati. I racconti del Maresciallo
593 Benedetto Croce. Luisa Sanfelice e la congiura dei Baccher
594 Roberto Bolaño. Puttane assassine
595 Giorgio Scerbanenco. La mia ragazza di Magdalena
596 Elio Petri. Roma ore 11
597 Raymond Radiguet. Il ballo del conte d'Orgel
598 Penelope Fitzgerald. Da Freddie
599 Poesia dell'Islam
600
601 Augusto De Angelis. La barchetta di cristallo
602 Manuel Puig. Scende la notte tropicale
603 Gian Carlo Fusco. La lunga marcia
604 Ugo Cornia. Roma
605 Lisa Foa. È andata così
606 Vittorio Nisticò. L'Ora dei ricordi
607 Pablo De Santis. Il calligrafo di Voltaire
608 Anthony Trollope. Le torri di Barchester
609 Mario Soldati. La verità sul caso Motta
610 Jorge Ibargüengoitia. Le morte
611 Alicia Giménez-Bartlett. Un bastimento carico di riso
612 Luciano Folgore. La trappola colorata
613 Giorgio Scerbanenco. Rossa
614 Luciano Anselmi. Il palazzaccio
615 Guillaume Prévost. L'assassino e il profeta
616 John Ball. La calda notte dell'ispettore Tibbs
617 Michele Perriera. Finirà questa malìa?
618 Alexandre Dumas. I Cenci
619 Alexandre Dumas. I Borgia

620 Mario Specchio. Morte di un medico
621 Giorgio Frasca Polara. Cose di Sicilia e di siciliani
622 Sergej Dovlatov. Il Parco di Puškin
623 Andrea Camilleri. La pazienza del ragno
624 Pietro Pancrazi. Della tolleranza
625 Edith de la Héronnière. La ballata dei pellegrini
626 Roberto Bassi. Scaramucce sul lago Ladoga
627 Alexandre Dumas. Il grande dizionario di cucina
628 Eduardo Rebulla. Stati di sospensione
629 Roberto Bolaño. La pista di ghiaccio
630 Domenico Seminerio. Senza re né regno
631 Penelope Fitzgerald. Innocenza
632 Margaret Doody. Aristotele e i veleni di Atene
633 Salvo Licata. Il mondo è degli sconosciuti
634 Mario Soldati. Fuga in Italia
635 Alessandra Lavagnino. Via dei Serpenti
636 Roberto Bolaño. Un romanzetto canaglia
637 Emanuele Levi. Il giornale di Emanuele
638 Maj Sjöwall, Per Wahlöö. Roseanna
639 Anthony Trollope. Il Dottor Thorne
640 Studs Terkel. I giganti del jazz
641 Manuel Puig. Il tradimento di Rita Hayworth
642 Andrea Camilleri. Privo di titolo
643 Anonimo. Romanzo di Alessandro
644 Gian Carlo Fusco. A Roma con Bubù
645 Mario Soldati. La giacca verde
646 Luciano Canfora. La sentenza
647 Annie Vivanti. Racconti americani
648 Piero Calamandrei. Ada con gli occhi stellanti. Lettere 1908-1915
649 Budd Schulberg. Perché corre Sammy?
650 Alberto Vigevani. Lettera al signor Alzheryan
651 Isabelle de Charrière. Lettere da Losanna
652 Alexandre Dumas. La marchesa di Ganges
653 Alexandre Dumas. Murat
654 Constantin Photiadès. Le vite del conte di Cagliostro
655 Augusto De Angelis. Il candeliere a sette fiamme
656 Andrea Camilleri. La luna di carta
657 Alicia Giménez-Bartlett. Il caso del lituano
658 Jorge Ibargüengoitia. Ammazzate il leone
659 Thomas Hardy. Una romantica avventura
660 Paul Scarron. Romanzo buffo
661 Mario Soldati. La finestra
662 Roberto Bolaño. Monsieur Pain
663 Louis-Alexandre Andrault de Langeron. La battaglia di Austerlitz
664 William Riley Burnett. Giungla d'asfalto
665 Maj Sjöwall, Per Wahlöö. Un assassino di troppo

666 Guillaume Prévost. Jules Verne e il mistero della camera oscura
667 Honoré de Balzac. Massime e pensieri di Napoleone
668 Jules Michelet, Athénaïs Mialaret. Lettere d'amore
669 Gian-Carlo Fusco. Mussolini e le donne
670 Pier Luigi Celli. Un anno nella vita
671 Margaret Doody. Aristotele e i Misteri di Eleusi
672 Mario Soldati. Il padre degli orfani
673 Alessandra Lavagnino. Un inverno. 1943-1944
674 Anthony Trollope. La Canonica di Framley
675 Domenico Seminerio. Il cammello e la corda
676 Annie Vivanti. Marion artista di caffè-concerto
677 Giuseppe Bonaviri. L'incredibile storia di un cranio
678 Andrea Camilleri. La vampa d'agosto
679 Mario Soldati. Cinematografo
680 Pierre Boileau, Thomas Narcejac. I vedovi
681 Honoré de Balzac. Il parroco di Tours
682 Béatrix Saule. La giornata di Luigi XIV. 16 novembre 1700
683 Roberto Bolaño. Il gaucho insostenibile
684 Giorgio Scerbanenco. Uomini ragno
685 William Riley Burnett. Piccolo Cesare
686 Maj Sjöwall, Per Wahlöö. L'uomo al balcone
687 Davide Camarrone. Lorenza e il commissario
688 Sergej Dovlatov. La marcia dei solitari
689 Mario Soldati. Un viaggio a Lourdes
690 Gianrico Carofiglio. Ragionevoli dubbi
691 Tullio Kezich. Una notte terribile e confusa
692 Alexandre Dumas. Maria Stuarda
693 Clemente Manenti. Ungheria 1956. Il cardinale e il suo custode
694 Andrea Camilleri. Le ali della sfinge
695 Gaetano Savatteri. Gli uomini che non si voltano
696 Giuseppe Bonaviri. Il sarto della stradalunga
697 Constant Wairy. Il valletto di Napoleone
698 Gian Carlo Fusco. Papa Giovanni
699 Luigi Capuana. Il Raccontafiabe
700
701 Angelo Morino. Rosso taranta
702 Michele Perriera. La casa
703 Ugo Cornia. Le pratiche del disgusto
704 Luigi Filippo d'Amico. L'uomo delle contraddizioni. Pirandello visto da vicino
705 Giuseppe Scaraffia. Dizionario del dandy
706 Enrico Micheli. Italo
707 Andrea Camilleri. Le pecore e il pastore
708 Maria Attanasio. Il falsario di Caltagirone
709 Roberto Bolaño. Anversa
710 John Mortimer. Nuovi casi per l'avvocato Rumpole

711 Alicia Giménez-Bartlett. Nido vuoto
712 Toni Maraini. La lettera da Benares
713 Maj Sjöwall, Per Wahlöö. Il poliziotto che ride
714 Budd Schulberg. I disincantati
715 Alda Bruno. Germani in bellavista
716 Marco Malvaldi. La briscola in cinque
717 Andrea Camilleri. La pista di sabbia
718 Stefano Vilardo. Tutti dicono Germania Germania
719 Marcello Venturi. L'ultimo veliero
720 Augusto De Angelis. L'impronta del gatto
721 Giorgio Scerbanenco. Annalisa e il passaggio a livello
722 Anthony Trollope. La Casetta ad Allington
723 Marco Santagata. Il salto degli Orlandi
724 Ruggero Cappuccio. La notte dei due silenzi
725 Sergej Dovlatov. Il libro invisibile
726 Giorgio Bassani. I Promessi Sposi. Un esperimento
727 Andrea Camilleri. Maruzza Musumeci
728 Furio Bordon. Il canto dell'orco
729 Francesco Laudadio. Scrivano Ingannamorte
730 Louise de Vilmorin. Coco Chanel
731 Alberto Vigevani. All'ombra di mio padre
732 Alexandre Dumas. Il cavaliere di Sainte-Hermine
733 Adriano Sofri. Chi è il mio prossimo
734 Gianrico Carofiglio. L'arte del dubbio
735 Jacques Boulenger. Il romanzo di Merlino
736 Annie Vivanti. I divoratori
737 Mario Soldati. L'amico gesuita
738 Umberto Domina. La moglie che ha sbagliato cugino
739 Maj Sjöwall, Per Wahlöö. L'autopompa fantasma
740 Alexandre Dumas. Il tulipano nero
741 Giorgio Scerbanenco. Sei giorni di preavviso
742 Domenico Seminerio. Il manoscritto di Shakespeare
743 André Gorz. Lettera a D. Storia di un amore
744 Andrea Camilleri. Il campo del vasaio
745 Adriano Sofri. Contro Giuliano. Noi uomini, le donne e l'aborto
746 Luisa Adorno. Tutti qui con me
747 Carlo Flamigni. Un tranquillo paese di Romagna
748 Teresa Solana. Delitto imperfetto
749 Penelope Fitzgerald. Strategie di fuga
750 Andrea Camilleri. Il casellante
751 Mario Soldati. ah! il Mundial!
752 Giuseppe Bonarivi. La divina foresta
753 Maria Savi-Lopez. Leggende del mare
754 Francisco García Pavón. Il regno di Witiza
755 Augusto De Angelis. Giobbe Tuama & C.
756 Eduardo Rebulla. La misura delle cose

757 Maj Sjöwall, Per Wahlöö. Omicidio al Savoy
758 Gaetano Savatteri. Uno per tutti
759 Eugenio Baroncelli. Libro di candele
760 Bill James. Protezione
761 Marco Malvaldi. Il gioco delle tre carte
762 Giorgio Scerbanenco. La bambola cieca
763 Danilo Dolci. Racconti siciliani
764 Andrea Camilleri. L'età del dubbio
765 Carmelo Samonà. Fratelli
766 Jacques Boulenger. Lancillotto del Lago
767 Hans Fallada. E adesso, pover'uomo?
768 Alda Bruno. Tacchino farcito
769 Gian Carlo Fusco. La Legione straniera
770 Piero Calamandrei. Per la scuola
771 Michèle Lesbre. Il canapé rosso
772 Adriano Sofri. La notte che Pinelli
773 Sergej Dovlatov. Il giornale invisibile
774 Tullio Kezich. Noi che abbiamo fatto La dolce vita
775 Mario Soldati. Corrispondenti di guerra
776 Maj Sjöwall, Per Wahlöö. L'uomo che andò in fumo
777 Andrea Camilleri. Il sonaglio
778 Michele Perriera. I nostri tempi
779 Alberto Vigevani. Il battello per Kew
780 Alicia Giménez-Bartlett. Il silenzio dei chiostri
781 Angelo Morino. Quando internet non c'era
782 Augusto De Angelis. Il banchiere assassinato
783 Michel Maffesoli. Icone d'oggi
784 Mehmet Murat Somer. Scandaloso omicidio a Istanbul
785 Francesco Recami. Il ragazzo che leggeva Maigret
786 Bill James. Confessione
787 Roberto Bolaño. I detective selvaggi
788 Giorgio Scerbanenco. Nessuno è colpevole
789 Andrea Camilleri. La danza del gabbiano
790 Giuseppe Bonaviri. Notti sull'altura
791 Giuseppe Tornatore. Baarìa
792 Alicia Giménez-Bartlett. Una stanza tutta per gli altri
793 Furio Bordon. A gentile richiesta
794 Davide Camarrone. Questo è un uomo
795 Andrea Camilleri. La rizzagliata
796 Jacques Bonnet. I fantasmi delle biblioteche
797 Marek Edelman. C'era l'amore nel ghetto
798 Danilo Dolci. Banditi a Partinico
799 Vicki Baum. Grand Hotel
800
801 Anthony Trollope. Le ultime cronache del Barset
802 Arnoldo Foà. Autobiografia di un artista burbero

803 Herta Müller. Lo sguardo estraneo
804 Gianrico Carofiglio. Le perfezioni provvisorie
805 Gian Mauro Costa. Il libro di legno
806 Carlo Flamigni. Circostanze casuali
807 Maj Sjöwall, Per Wahlöö. L'uomo sul tetto
808 Herta Müller. Cristina e il suo doppio
809 Martin Suter. L'ultimo dei Weynfeldt
810 Andrea Camilleri. Il nipote del Negus
811 Teresa Solana. Scorciatoia per il paradiso
812 Francesco M. Cataluccio. Vado a vedere se di là è meglio
813 Allen S. Weiss. Baudelaire cerca gloria
814 Thornton Wilder. Idi di marzo
815 Esmahan Aykol. Hotel Bosforo
816 Davide Enia. Italia-Brasile 3 a 2
817 Giorgio Scerbanenco. L'antro dei filosofi
818 Pietro Grossi. Martini
819 Budd Schulberg. Fronte del porto
820 Andrea Camilleri. La caccia al tesoro
821 Marco Malvaldi. Il re dei giochi
822 Francisco García Pavón. Le sorelle scarlatte
823 Colin Dexter. L'ultima corsa per Woodstock
824 Augusto De Angelis. Sei donne e un libro
825 Giuseppe Bonaviri. L'enorme tempo
826 Bill James. Club
827 Alicia Giménez-Bartlett. Vita sentimentale di un camionista
828 Maj Sjöwall, Per Wahlöö. La camera chiusa
829 Andrea Molesini. Non tutti i bastardi sono di Vienna
830 Michèle Lesbre. Nina per caso